聽氷

조정권 유고집 2 산문 청빙

1판 1쇄 펴낸날 2018년 11월 8일
지은이 조정권
디자인 최선영
인쇄인 (주)두경 정지오
펴낸이 채상우
펴낸곳 (주)함께하는출판그룹파란
등록번호 제2015-000068호
등록일자 2015년 9월 15일
주소 (10387) 경기도 고양시 일산서구 중앙로 1455 대우시티프라자 B1 202호
전화 031-919-4288
팩스 031-919-4287
모바일팩스 0504-441-3439
이메일 bookparan2015@hanmail.net

ⓒ조정권, 2018, printed in Seoul, Korea

ISBN 979-11-87756-29-3 03810

값 15,000원

청빙

조정권

차례

발문

일러두기

- 이 유고집(산문)은 고(故) 조정권 시인의 두 번째 산문집으로, 시인 사후에 유족이 전해 준 파일들을 정리한 것이다. 다행스럽게도 시인은 생전에 '새 산문집'이라는 제목 아래 일단의 산문들을 모아 두었는데, 제1부에 실린 글들이 이에 해당한다. 그리고 여기에 고 조정권 시인이 생전에 정리해 놓은 글들을 엮어 제2부를 마련했다. 물론 고 조정권 시인이 파일로 정리하지 않은 산문들이 여러 지면들에 흩어져 있을 것이다. 이 유고집의 발간 이후 고 조정권 시인이 남긴 모든 산문들을 찾아내야 할 책무가 우리에게 남은 셈이다. 원고의 정리와 입력은 유족에게서 받은 파일을 토대로 2018년 6월부터 8월까지 장석원 시인이, 이후 유고집의 최종 정리와 확정은 장석원 시인과 채상우 대표가 맡아 진행하였다.
- 한자어는 특별한 경우를 제외하고는 모두 괄호 속에 표기하였다.

제1부

흰 산 같은 마음으로 들어가자

겨울 산의 매력은 여름 내내 녹음에 가려져 있던 산봉우리가 불쑥 솟아오른 듯 보인다는 점에 있다. 물론 착시감으로 인한 것이지만 겨울 산의 산봉우리들은 여느 계절보다 더 높고 단아하게 보인다. 내겐 그 산봉우리들의 드높음이 더없이 아름답다. 내 주위 친구들에게 겨울 산의 매력이 무엇이냐고 물으면 투명하게 산을 볼 수 있기 때문이라는 대답이 의외로 많다. 맞는 말이다. 한국의 잎 다 진 산은 투명하고 맑다. 능선과 능선 사이의 속이 훤히 보이고 하늘은 투명하다 못해 푸르기까지 하다. 물소리 고요히 끊어지고 빙폭(氷瀑)들이 바위를 결빙시키는 겨울에야말로 산의 늠름한 강골의 기품이 잘 보인다. 뼈로 파고드는 설풍을 참나무 가지로 후려치며 누그러뜨리는 기골을 잘 들여다볼 수 있다.

기온이 급강하며 눈발이라도 치는 날, 높은 산봉우리는 추운 곳에서 빛나고 있다. 그 봉우리는 봄이 오기까지 당분간 춥게 떨고 있을지는 몰라도 인적이 끊긴 그곳은 어느 곳보다도 먼저 봄을 홀로 맞이하고 있는 곳이기도 하다. 그 춥고 높은 곳은 어차피 오늘날의 우리 인간의 본성이 한 번쯤은 미리 경험해야 할 자리인 것이다. 인간의 본성은 무엇보다 일상적 안주를 거부하게 되어 있다. 따뜻하고 안온한 삶과 평온하고 달콤한 휴식에 빠져 있는 마음은 나를 결코 반성케 하지 않는다.

산을 돌아다녔지만 사실 나는 산둘레만을 돌고 있었는지도 모른다. 한국 사람들의 산을 바라보는 마음속에는 산봉우리를 마음의 지향점으로 보는 도교적 사고관이 그 밑바탕에 크게 자리하고 있다.

山自無心碧 산은 무심히 푸르고
雲自無心白 구름은 무심히 희구나
其中一上人 홀로 오른 그 사람
亦是無心客 역시 무심한 나그네일 뿐

오랜 세월 등반을 해 온 사람들끼리 하는 산 이야기를 듣다 보면, 위 시에서처럼 산을 종교나 철학과 연계시키는 일을 종종 본다. 산에 무슨 푸른 마음이 있어서 푸른 것이 아니요 구름에 무슨 흰 마음이 있어서 흰 것이 아니라는 이 이야기는 산은 그저 푸르고 구름도 그저 흴 뿐, 사람이 가져다 붙인 한갓 속절없고 부질없는 의미라는 도교의 교훈을 담고 있지만, 나는 아직도 산에는 푸른 마음이 살고 있고 하얀 마음이 깃들어 있다고 믿는다. 산속 외딴 곳에 붉게 핀 꽃엔 필시 노을보다 더 붉은 마음이 있다고 믿고 싶은 나다. 산은 그저 저 홀로 있는 것이 아니라 우리 인간 가까이 또는 마음속에 있다는 생각이다.

물론 산은 내게 있어서 종교도 아니고 철학도 아니다. 그러나 산은 종교와 철학적 요소를 포함하면서 그것을 넘어서는 자태로 내 앞에 우뚝 서 있다. 산이 인간의 마음을 열어 놓는다는 말이 있듯이 산과 인간은 오랜 세월 서로 소통하고 왕래해 왔다.

나는 겨울 산행을 즐긴다. 겨울 산은 아무것도 소유하고 있지 않기에 마음이 편하다. 그리고 빈산(空山)의 빈 마음을 헤아리며 그리로 오르는 사람을 경건하게 만든다. 산과 사람이 서로 겸허하게 교통하기에 딱 좋은 계절이 겨울이다.

알프스의 만년설을 두 번 밟아 본 경험이 있다. 첫 번째는 1995년 8월 제네바를 여행할 때였다. 해발고도 4,807m의 몽블랑은 빙하와 눈으로 덮인 '흰 산'이었다. 제네바에 도착해 하루를 묵고 여기까지 온 김에 몽블랑 정상의 만년설을 보고 가지 않는다면 평생 후회가 될 것 같았다.

만년설을 조망하는 가장 손쉬운 길은 스위스 국경과 인접해 있는 프랑스령의 휴양도시 샤모니로 가서, 몽블랑산에서 두 번째로 높은 해발 3,843m의 에귀드미디산 정상으로 오르는 케이블카를 이용하는 것이다. 실제 이 방법은 제네바에서 버스를 타고 국경 검문소를 통과해 50여 분 남짓 걸리는 최단 코스이다. 관광객을 실어 나르는 버스여서 여권 검사도 입국 심사도 없었다. 바람이 부는 날에는 케이블카 운행이 중단돼 헛출발이 되고 말지만 모처럼 쾌청하고 봄날 같은 날씨였다. 스위스 국경을 벗어나자마자 차창에서 서늘한 기운이 느껴지고 희끗희끗하게 은박지처럼 반사되는 알프스의 허연 능선들이 가슴 설레게 스쳐 지나갔다. 에귀드미디봉은 최악의 기후 조건으로 항공사고가 여러 차례 있었던 곳이다. 고산병 증상으로 호흡이 다소 곤란하지만 에귀드미디산 전망대까지 약 40여 분 고공으로 오르는 케이블카(이곳 사람들은 '로프웨이'라고 부르지만)를 타고, 빙하를 형성하고 있는 계곡과 능선을 발밑으로 내려다보는 아찔한 스릴도 만점이었다. 발아래는 그야말로 하얀 눈과 빙하의 바다였다.

해발고도 4,807m의 몽블랑산은 빙하와 눈으로 덮인 산이다. 하지만 내가 본 것은 스위스 국경과 인접해 있는 프랑스령의 샤모니로 가서 케이블카를 타고 해발 3,843m의 에귀드미디산 정상 휴게소에서 내려 파노라마처럼 펼쳐진 몽블랑 산자락의 빙하를 형성하고 있는 계곡과 능선을 발밑으로 아찔하게 내려다본 것이 고작이었다. 또 한 번은 2002년 5월 오스트리아 도른비른에서 열린 국제 서정시 대회에 참가했을 때였다. 외국 시인들과 함께 가볍게 알프스 등반을 했는데 등정까지는 하지 못하고 버스를 타고 산 중턱까지 올라가서 신발에 잔설만 묻히고 온 셈이었다.

눈 덮인 만년 설산들을 보며 어떤 경건함을 느끼지 않을 자 없을 것이다. 그 경건감은 그 느낌 그대로 태초부터 있어 왔던 원시성으로 거슬러 올라가는 마음 감각에서 비롯된다. 오랜 세월 눈 기슭에다 쌓아 올린 시간의 고요, 그 앞에서 영봉들은 경건을 넘어선 신성한 자태로, 거룩한 능력을 연상시키는 절대적 권위의 모습으로 나타난다. 그러나 그 권위는 하찮은 지상적 미물인 인간 위에 군림하는 권위의 모습이 아니라, 부단히 인간을 깨우치고, 인간과 소통하며, 인간을 위해 일하는 종교적 신성의 모습으로 일상화되고 친근해져 있다. 그래서 그곳에 사는 사람들은 고통마저 즐겁게 감수한다. 그들에게는 자동차가 고층 건물 밑으로 지나다니는 저 밑의 도시 그 어느 빛나는 거리라 하더라도 필경은 초라해 보일 수밖에 없기 때문이다.

　한국의 산이 조막만 하지만 그래도 아기자기한 맛은 세계에서도 으뜸간다고 나는 자랑할 수 있다. 발아래 펼쳐진 그야말로 하얀 눈과 빙하의 바다는 없더라도, 빙하기 하얀 시대의 지구처럼 절대적인 침묵 같은 흰색은 안 보이더라도, 한국의 겨울 산에서 냇물 끊어 놓고 세이각(洗耳閣) 문풍지를 흔드는 바람 소리에 귀를 씻다 보면 어느새 마음이 정돈된다. 그것은 언제든 내 마음이 흰 산으로 들어갈 준비가 되어 있다는 뜻일 것이다.

빈자의 손바닥

　시인이 일하는 공간은 반드시 상응하는 보수를 주고받는 장소를 의미하지는 않는다. 로댕은 시인 라이너 마리아 릴케를 무보수 비서로 고용한 대신, 젊은 릴케는 로댕으로부터 사물을 보는 눈의 가르침을 보수로 받는다. 직장이랄 수는 없지만 릴케는 평생 동안 한때나마 조각가 로댕 밑에서 일할 수 있었다는 사실을 은총처럼 마음 한구석에 간직하고 살았다. 신은 간혹 그 자신이 선택한 인간에게 인색하기 짝이 없게도 집과 직장을 주지 않는다. 릴케는 평생 집도 직장도 없이 떠돌았다.

　주여, 여름은 위대했습니다.
　지금 집이 없는 자들은 평생을 떠돌 것입니다.

　릴케의 집은 지상에서는 존재하지 않았다. 지상에 안주할 만한 집 한 칸을 주지 않은 신은 그를 평생 떠돌게 했다. 또한 신은 낭비벽이 없는 분이어서 그러한 인간에게는 이 지상에 부여해 놓은 수 명의 몇 곱을 더 일하게 하신다. 그리고 그 인간을 지상에서 데리고 갈 때 자신의 품속으로 귀의하게 만들고 신성의 표시로 삼는다.
　릴케에게 '가난'이 무엇을 의미하는가를 알기 위해서는 그가 가난을 사회학적 현상으로 보지 않았다는 사실을 지적하지 않을 수 없다. 릴케는 러시아 체험 후 마치 자신이 새로운 시작의 시점에 서 있음을 느꼈다.

　예술가는 먼저 가난해진 다음 예술을 향해 걸어갈 수 있다. 릴케에게 '가난'은 실제의 무소유 상태를 의미한다. 다른 하나는 순수한 고독으로의 회귀이다. 결국 가난에 대한 고백은 예술에 필수 불가결한 궁극적인 고독에 대한 고백이기도 할 것이다.

　릴케는 러시아 교회에서 성화를 보게 되는데 하느님이 손으로 묘사된 것을 보고 크게 넋을 놓고 있었던 적이 있었다. '손'은 힘을 나타낸다. '손'은 신체의 일부분이지만 종교적 의미에서는 은총을 전달하는 신성한 상징이다. 릴케는 '손'을 은총을 '접수'하는 상징으로 보았다. 글을 쓰는 손이란 성스럽게도 그에게는 신적인 받아쓰기로 비추어졌던 것이다.

　내가 6년 간 근무했던 '공간'의 건축가 김수근 선생은 평생 무신론자이셨지만 만년에 암과 투쟁하며 가톨릭에 귀의하셨다. 나는 건축가로서의 선생의 오만함도 사랑하지만, 한 줌 흙으로 돌아가야 하는 인간으로서 자신을 받아들이고 신을 받아들인 그 나약함도 사랑한다. 나는 그 나약함 속에서 가장 인간다운 인간의 모습을 본다. 소쇄원으로 내려가 마지막 남은 삶을 정리하고 계실 때 그 대자연 앞에서 흙으로 돌아가야 하는 인간의 겸허함을 저녁 빗소리 떨어지는 숲 속에서 받아들이신 것이 아니었을까. 『공간』의 편집장 시절 나는 선생을 따라 편집위원들을 모시고 마산 양덕성당을 다녀온 적이 있었다. 벌써 20여 년 전의 일이다. 이미 돌아가신 박학재 선생을 비롯해서 소홍렬, 김원, 이구열, 이흥우, 정해직 씨 등이 함께 동행한 건축 기행이었는데, 김수근 선생을 제외하곤 대부분이 일본 건축지 『SD』에 수록된 오사무 무라이의 건축을 사진으로만 접했던 터라 현장을 한번 방문해 보기로 한 것이었다. 나로서도 매일매일 전시장을 돌아다니고 그달치 잡지를 채우기에 급급한 직선 도로 같은 일상에서 벗어나는 즐거움도 있었지만, 한편으론 당시까지만 해도 무신론자이셨던 선생이 설계한 성당 건축을 보고 싶은 마음도 컸다.

마산성당은 마산시 양덕동에 있었다. 성당이 빈민촌에 세워져 있다는 것, 그것은 이 무신론자의 종교관이 권위적이지 않다는 것을 알려 준다. 건축가 자신이 들어앉아 속죄하는 마음의 감옥 같았다. 붉은 벽돌로 쌓아 올린 성당은 분명 하늘로 빈자의 손길을 내밀고 있었다. 그 손은 아무 장식 없는 빈손이라서 이 세상의 지친 옷깃들을 말없이 끌어당기고 있었다. 한마디로 모성의 손이었다. 시멘트로 만든 십자가는 내려앉은 땅거미 때문에 황막해 보였지만, 어두워지면 지친 인간들을 한없이 모여들게 해 줄 것 같았다. 그 아래 진입로에는 포장마차들이 날개를 편 채 멈춰 있었고 죽은 해삼과 멍게들이 뉘어 있었다. 그것들은 날개가 없는 마음들 같았다. 성당 문 앞에서 우리 모두 날개 없는 마음으로 하룻밤 노숙의 등불을 켠 빈자들의 무리 같았다.

때때로 나는 시인들과 마산성당에 대해 이야기하는 경우가 많다. 무신론자가 설계했다는 점에서 사람들은 그 성당을 감옥 같다고 얘기들을 많이 한다. 하지만 대부분 사람들은 마산

성당을 지상에서만 바라보고 얘기하려 한다. 그 건축물은 하늘 위에서 내려다볼 필요가 있는 것이다. 영락없이 손을 모으고 기도하는 빈자의 모습인 것이다.

오, 밤, 밤, 밤이여.
나는 쓰고 싶습니다.
그리고 언제나, 언제나 종이 위에 머물고 싶습니다.
그리하여 이 종이를 나는 나의 피곤한 손으로부터
나온 것이 아닌 가장 은밀한 기호로 채우고 싶습니다.
가호들은 보여 줄 것입니다. 내가 나와 더불어 놀라운 일을 행하는
그 어느 분의 손에 불과하다는 것을.

휠덜린의 추억

1.

오래된 석유 냄새 나는 골방을 정리하다 귀퉁이가 퇴색된 사진 한 장을 발견한다. 이 한 장의 사진을 볼 때마다 나는 수도원의 저녁 숲에서 들려오는 어두침침한 딸랑종 소리를 느낀다. 뾰족탑이 보이는 하얀 창틀의 꼭대기 방은 독일 천재 시인 프리드리히 휠덜린이 34세부터 73세까지 정신착란증과 광기를 일으키며 40년 간 살았던 곳이다. 3평 남짓한 이 방은 지금 휠덜린의 기념관으로 바뀌어져 있다. 하이델베르크 역에서 슈투트가르트 역에 도착해 기차로 다시 50여 분 검은 숲 지대를 통과하면, 헤겔과 같이 신학대학 동창생으로 평생 목사 되기를 거부하고 시인이기만을 갈망했던 휠덜린이 살던 튀빙겐이 나온다. 누가 한겨울에 불행했던 시인이 살던 그 어두컴컴하고 음침한 황토색 집을 찾을까. 여행자들은 대부분 이곳을 지나쳐 버린다.

12월의 휠덜린의 집은 황량하기 짝이 없다. 그러나 나는 예감했다. 이제 얼마 있으면 집집마다 내건 크리스마스 촛불들이 밤을 장식하는 계절이 다가온다는 것을. 숲길 사이로는 성자들이 다닌 샛길도 있다. 빈궁 속에서 소박함의 본질을 수행하며 영(靈)으로서 영을 느낀 이들이 마음과 몸과 온 생명으로 침묵을 노래하고 있었다는 것을.

저 꼭대기 방에는 활활 타오르나 갇혀 있던 불덩어리 같은 시인이 살고 있었다. 시인은 신이 버린 아들이었다. 꼭대기 첨탑을 하늘의 언 별 올려다보듯 하며 좀 더 추운 날을 동경했던 내 젊은 날이 부끄러웠다. 그때 나는 들었다. 내 마음의 뒤에서 뒤늦게 뉘우치는 딸랑별 소리를.

겨울 독일 튀빙겐에서 돌아온 나는 다시 한 번 자기 성찰의 시간을 얻었다. 연못의 물을 퍼 올린 자는 빈 바닥을 겸손히 받아들여야 한다. 물이 다시 연못을 이룰 때 소리가 없는 것처럼 그것은 공으로 충만한 정신이다. 삶이 아픈 자는, 살이 아픈 자 옆에서 여전히 떠도는 시인이리라.

2.

파리에서 남쪽으로 572㎞ 떨어진 보르도는 파리보다 한 달 먼저 꽃이 핀다. 2월에 피는 노란 미모사와 새빨간 타마리스가 꽃샘추위에 멈칫하고 있다가 한국 시인들이 찾아온 것을 아는 양 마중 나오듯이 나뭇가지마다 수없이 얼굴을 내밀고 있었다. 보르도 시내 외곽에는 150개의 고성이 산재해 있다. 이 성을 중심으로 재배되고 있는 포도밭에서 생산되는 와인을 통칭해서 보르도 와인이라 부르지만 저마다 각각 전통적인 맛과 향을 자랑한다. 노란 개나리와 분홍 살구꽃 빛이 찾아든 광활한 포도밭은 긴 겨울의 숙취에서 깨어난 듯 땅에 배어 있는 와인 향을 풍기고 있었다. 이곳에 와서야 지평선을 볼 수 있었다. 물새들이 날아오는 것으로 보아 바다가 가깝다는 것을 알 수 있었다. 도시와 마을의 지붕은 오렌지색 일색으로 출렁거리고 사람들은 이른 봄 포도나무 밑에 샴페인을 붓는다. 대서양 연안에서 불어오는 훈풍이 스페인에서 보르도 인근 아르카숑 연안까지 모래를 실어다 쌓아 장장 200㎞의 사구를 만들고 있었다. 수세기 동안 바람이 실어다 쌓은 모래산은 지상에서 110m 높이까지 솟아올라 있었다. 몽떼뉴, 몽떼스키외, 모리악이 여기에서 태어나 자랐고, 장 꼭도, 고야, 살바도르 달리가 보르도 남서쪽 휴양림 아르카숑에서 여름을 보냈다. 이 아르카숑의 사막은 유럽 내의 유일한 곳으로 여름에는 발 딛을 틈이 없이 차량의 행렬로 붐빈다.

2006년 3월 중순 나는 한불 수교 120주년 기념행사의 일환으로 보르도 시에서 열린 '한국시 축제'에 고은, 신경림, 황지우 시인과 함께 참가했다. 모처럼의 나들이였고 행사도 행사지만 이번 여행의 개인적 관심사는 횔덜린이 가정교사로 지냈다는 보르도의 집을 틈을 내어 찾아보는 일이었다. 운 좋게 나는 행사장에서 만난 보르도 시인 장 폴 미쉘(보르도 3대학 철학 교수)의 안내로 그 집을 쉽게 찾을 수 있었다. 하지만 이곳을 스쳐 지나간 듯한 횔덜린의 행적이란 우주에 살별이 지나치듯 세 달에 불과할 뿐이었다.

문헌상으로 횔덜린은 1801년 12월 보르도 주재 함부르크 총영사인 마이어가(家)에서 가정교사로 일하기 위해 슈투트가르트를 떠나 눈 덮인 오베르뉴 고원을 거쳐 도보로 보르도에 도착(1802년 1월 28일)한 것으로 나와 있다. 그는 보르도로 떠나기 직전 친구 뷜렌도르프에게 "국외에 머무는 것이 낫겠다"는 비장한 내용의 편지를 남겼다. 그러나 무슨 이유에서

인지 그해 5월 중순 가정교사를 그만두고 정신착란의 징후를 지닌 채 고향으로 되돌아왔다. 장 폴 미쉘에게도 그의 갑작스런 귀향은 보르도의 수수께끼로 남아 있다.

횔덜린이 가정교사로 머물던 마이어 영사의 집은 독일 총영사의 저택답게 가장 번화한 보르도 시내 뚜르니가에 있다. 집을 중심으로 좌우에는 산책로와 가롱강이 흐르고 있다. 도보로 10분 거리에 중세의 쌩엥드레 성당과 대극장, 주교가 살았다는 시청사가 모여 있다. 마이어 씨가 와인 산지로 유명한 메독 지방의 농장을 가지고 있을 정도로 부유했던지라 그의 저택은 쾌적한 주거지역 내 호화로운 4층의 고전적인 석조 건물이었다. 현재 건물 1층 오른쪽에는 은행이 들어서 있다. 그 은행 간판 좌측 상단에 횔덜린의 표징이 붙어 있다. "횔덜린 1802년 이곳에 머물다"라는 글귀와 함께. 불과 석 달에 지나지 않는 시인의 체류를 기념하고 있는 것이다. 표징 속에는 횔덜린이 남긴 시 「회상(Andenken)」의 몇 구절이 새겨져 있다.

이제 가거라, 가서
아름다운 가롱강과
보르도의 정원에 인사하거라.
머무는 것은 그러나 시인들이 만든다.

보르도로 향한 여장을 꾸리면서 나는 손가방에 29쪽짜리 팸플릿 「보르도의 추억(souvenir de bordeaux)」을 담는 것을 잊지 않았다. 인천에서 드골 공항, 거기서 다시 보르도 공항까지 가는 긴 무료를 달래기 위해서라도 가볍게 기내에서 들여다볼 수 있겠거니 생각했다. 내용이라야 고작 횔덜린의 시한 편과 그가 보르도행을 전후해서 쓴 네 통의 편지가 들어 있을 뿐이었다. 그중 눈을 끄는 내용은 친구 빌렌도르프와 모친에게 쓴 것이었다.

나는 이제 완전한 작별을 하고자 하네. 내 조국을 떠난다는 것. 어쩌면 영원히 떠난다는 것이 도대체 이 세상은 나를 필요로 하지 않는 모양이네.
—1801. 12. 4. 슈투트가르트에서

사랑하는 가족들이여. 나를 생각하되 그것 때문에 방해받지 않을 정도에서만 생각해 주십시오.
—1802. 4. 16. 보르도에서

1800년 횔덜린은 걸작 「빵과 포도주」를 완성하고 나서 쉴러에게 예나 대학의 강사 자리 취직 부탁을 한다. 그것이 거절되자 1801년 12월 초순 그는 생계 대책으로 가정교사를 하러 남프랑스 보르도 주재 함부르크 총영사인 마이어 저택을 찾아 보르도로 향한다. 하지만 횔덜린의 보르도의 회상에는 고독과 추위와 굶주림과 절망만이 있다. 낡은 신학생복을 입고 행장을 꾸린 그는 슈투트가르트에서 도보로 출발해 독일 켈 지방과 슈바르츠발트 흑림(黑林) 지대와 프랑스 중부 산악 지대 오베르뉴를 거쳐 알자스 주 스트라스부르(파리 동쪽 447㎞)

에 12월 15일 도착한다. 파리를 거치지 않고 리옹을 통과해 보르도로 간다는 조건으로 비로소 입국 허가를 받은 것은 12월 30일. 살을 에는 숲 속에서 혼자 1802년 새해를 맞은 이 국외자는 리옹에서 600㎞ 떨어진 보르도를 향해 걷고 또 걸어 1월 28일에야 도착한다.

가정교사직 한 자리를 얻기 위해 근 두 달 눈 덮인 고원과 폭풍과 들짐승 떼와 밤을 지새우며 얼음같이 추운 잠자리를 견디며 걸어서 간 보르도행. 오늘날 생각해도 이런 도보 여행은 아무도 꿈꾸지 않는다. 미친 짓이리라. 그러나 그는 그것이 자신의 길이라 생각하고 그 길을 간다. 삶이 아름다운 건 보상이 없기 때문이다. 그 고통이 더욱 빛나는 것은 아무런 보상이 없었기 때문이다. 이 여행의 모습은 운명의 모습을 띤다. 횔덜린은 세 달을 견디지 못하고 불현듯 귀향을 서두른다. 뚜렷한 이유가 없다. 정신착란이란 징후와 함께 그는 돌아온 것이다.

삶이라는 책 속에는 이유 없는 이유가 있기도 할 것이다. 나는 더 이상 보르도에서의 시인의 행적을 되찾아 볼 필요가 없음을 알았다. 책갈피 속에 끼워 놓은 빨간 타마리스 꽃잎처럼 그의 이곳에서의 삶은 말없음일 뿐이다. 그 말없음은 정적이 안내해 주는 오솔길과 같다. 여행자는 그 오솔길을 걷다가 오면 족한 것이다. 보르도 체류 기간 중 유난히 비가 자주 왔다. 그 비는 새벽에 시작해서 아침이 되면 자취를 감춘다. 때로는 아침나절 내리다가 점심 먹을 때쯤이면 사라진다. 마차가 다니던 돌바닥에 떨어지는 빗방울은 음악이다. 음과 음은 서로 사랑하고 있는 것 같았다. 고은, 신경림 두 시인은 새벽마다 비와 함께 산책을 나갔다가 각자 혼자 돌아왔다. 황지우 시인은 새벽 3시의 가롱강을 몇 시간이고 걷다가 돌아오곤 했다.

보르도에 와서 새벽까지 잠을 자는 이는 어리석다. 이 도시는 시인들의 밤잠을 앗아 간다. 이 도시의 발밑 70㎞에서 아르카숑이란 사막이 시작되기 때문이다. 그 사막을 향해 식물의 뿌리처럼 발끝을 뻗고 있는 도시. 도시보다 사막이 아름다운 것은 별들만이 있기 때문이다. 그 별들은 해송 사이에 누워 있는 시인의 얼굴을 덮는다.

횔덜린의 「반평생」

　시인에게는 마음속에 사표가 되는 어떤 모델 시인이 있기 마련입니다. 제가 횔덜린이란 시인을 알게 된 것은 문단에 나온 1970년대 초반입니다. 저의 모교에서 독일어를 가르치시다가 전북대학교 독문과로 가신 전광진 선생님이 『현대시학』에 1971년부터 근 2년 동안 이 횔덜린의 시 세계를 연재하고 계셨어요. 그때 이 횔덜린 시인을 알게 되었고 이 시인의 삶에 대해 전기에 감전당하듯이 전율을 받았습니다.

　횔덜린은 34세 되던 젊은 나이에 정신착란 증세로 일생을 유폐되어 살았습니다. 34세 이후부터 73세까지, 근 40년에 해당하는 기간은 산 것이 아니라 시들어 갔다고 보는 것이 옳을 겁니다. 절망적이고 암울한 삶을 살았지요. 아무도 그를 돌보지 않았기 때문에 마을의 목수 침머라는 사람이 그를 자기 집에 데려다가 40년 동안 그냥 보살폈어요. 거장들의 그늘에 가려서 절망하고, 또 시집 한 권을 내지도 못 하고 시 발표도 못 하고 평생 그런 어두운 삶을 살다가 간 시인을 40년간 보살핀 목수에게도 머리가 수그러들지만 횔덜린의 삶 앞에서는 유구무언일 수밖에 없습니다. 지금은 이런 시인이 없어요. 어떻게 보면 독일 문단뿐만 아니고 세계 문단에서도 제가 볼 때는 가장 시인다운, 가장 시인됨의 상징으로서 기억될 시인입니다. 동시에 누구보다도 시대적인 어떤 박해, 문학 세

력에 의한 따돌림, 그 속에서 미칠 수밖에 없었던 시인이기도 했던 것입니다.

저는 휠덜린이 정신병으로 40년 간 유폐되어 살던 독일 튀 빙겐의 목수 짐머의 집을 찾아간 적이 있습니다. 슈투트가르 트에서 1시간 20분 정도 거리인데, 옥탑방 5층 꼭대기 1평 반 정도 되는 그런 곳에서 살았더군요. 좁은 공간이지만 창은 사방으로 뚫려 있어 집 앞을 흐르는 네카강이 보이고 아마강 을 내려다보는 것이 유일한 낙이었을 거라는 생각이 들었습 니다. 정신이 좀 멀쩡했을 때 시인은 이런 구절들을 시 곳곳 에 많이 남겼어요.

위안받아라.
이 삶은 고통받을 가치가 있도다.

이 시구절은 목사가 된 노이퍼라는 친구한테 준 구절입니 다. 그리고 또 한 가지 생각나는 구절이 있습니다.

지상의 아들인 나,
사랑하고 고통받도록 태어났도다.

그러니까 휠덜린의 어떤 시인됨, 시인 의식, 이 시인이 가 지고 있는 영혼이라고 하는 것은 나도 고통을 받고 있지만 내 고통보다는 남의 고통을 더 생각하는, 위로받고 위안받으라는 메시아적인 의식이었어요. 정신착란 증세가 있는 중간중간 가끔 제정신으로 돌아올 때가 있었다고 합니다. 그럴 때는 시를 길게 쓰지는 못하고 한 두세 줄 정도 일종의 잠언 비슷하게 남겼는데, 이런 것도 있어요.

3월과 4월과 6월은 멀고
나 이제 아무것도 아니니
나 기꺼이 산다고도 할 수가 없네.

휠덜린의 짤막한 이 시는 그가 34세, 정신병이 발병할 당시에 쓴 작품입니다. 참 묘하죠. 시인이 쓰는 시는 어느 면에서 자기 운명을 예감할 경우가 있어요. 바로 이 시가 그런 시라고 볼 수 있죠.

노란 배 열매와
들장미 가득하여
육지는 호수 속에 매달려 있네.
너희 사랑스러운 백조들
입맞춤에 취하여
성스럽게 깨어 있는 물속에
머리를 담그네.

슬프다, 내 어디에서
겨울이 오면, 꽃들과 어디서
햇볕과

대지의 그늘을 찾을까?
성벽은 말없이
차갑게 서 있고, 바람결에
풍향기는 덜걱거리네.

　모두 2연으로 구성된 14행밖에 되지 않는 짤막한 시입니다. 그런데 여러분 또한 잘 아시다시피 아도르노는 바로 이 시에서 뛰어난 현대성, 자기 분열 증세의 징후를 발견했어요. 정신 분열의 징후가 생겼을 당시 시인의 의식을 이 작품을 통해서 예리하게 간파했지만, 실제 이 시는 첫 번째 연과 두 번째 연이 상반되어 있어요. 첫 번째 연은 여름의 풍요로움을 그렸고 두 번째 연부터는 겨울에 메마르고 공허한 침묵 그런 세계를 그리고 있죠. 극단적인 대비예요. 극단적인 대비라고 하는 것은 곧바로 내 안에 있는, 내 자아 속에 있는 분열 현상을 의미하는 거죠. 바로 그런 식의 분열되어 가는 어떤 개인의 심리 상태, 정신 상태를 그냥 드러내는 것이라고 볼 수 있지요. 우선 첫 번째 연과 두 번째 연이 상반된, 대칭적인 구조를 이루고 있다는 것을 시를 통해 자세히 설명을 드리겠습니다.
　첫 번째 연에는 한여름의 목가적인 온화한 자연 풍경이 전개되고 있죠. 노랗게 익는 배들하고 온 대지에 만발한 붉은 들장미들, 그리고 호수의 백조들. 백조들이 우아하기도 하지만 부리끼리 입맞춤하는 모습까지도 횔덜린은 보고 있어요. 또 대자연의 어떤 성숙, 그 풍요로움 이런 것뿐만이 아니고 색채의 대비도 뛰어나죠. 노란색의 배 그리고 들장미의 붉은색, 그리고 눈앞에 펼쳐진 광활한 대지의 녹색, 하늘이 담긴 호수의 푸르름, 하얀 백조의 깃털, 우아한 자태에서 오는 너무나 엘레겐트한 흰색. 그리고 만약에 카메라맨이 있다면 카메라의 앵글을 비추는 솜씨도 프랑스 영화에 나오는 식의, 우선 그 원경으로 시작을 하죠. 멀리 대지의 노란 배밭에서 앵글이 들장미 쪽으로, 그리고 이제 육지와 접해 있는 호수를 비추고 미세하게 호수에 헤엄쳐 다니는 백조들, 그러니까 점점 원경으로 해서 가깝게 근경으로 앵글을 돌리고 있죠.

1805년이면 벌써 200년 전입니다. 200년 전에 이런 원근법을 동원한 이미지즘 시가 써졌다는 것도 특기할 만하다고 봅니다. 이미지즘은 에즈라 파운드 같은 미국의 이미지스트들이 만든 것이 아니라 횔덜린의 이 시 속에 영미의 이미지즘 이전에 독일의 이미지즘이 이미 태생되고 있었다고 봅니다. 엘리엇도 이 시를 놓고서 현대성을 얘기했습니다. 뛰어난 현대성이라고. 물론 아도르노는 1800년 초의 시에서 개인의 어떤 균열, 자아의 균열, 분열 현상을 그려 낸 시로서는 이게 처음이라는 가치 평가를 했지만 그 당시 시의 수준으로 볼 때는 이 시는 이미 미래의 시가 되어 있었던 겁니다.

두 번째 연은 갑작스럽게 전경이 바뀌어 버려요. 풍요로운 여름이 아니고 벌써 겨울이 와 버렸어요. '슬프다. 겨울이 오면 꽃들과 햇볕과 대지의 그늘을 어디에서, 어디에서 찾을 것인가.' 여름이라고 하는 풍요로움, 삶의 풍요와 성숙, 나의 어떤 젊음. 이 시에서 횔덜린은 어느 면에서는 나의 젊음을 첫 연에다 담았다고 볼 수도 있겠죠. 자기가 꿈꾸는 그런 이상향적인,

끊임없이 추구하려고 했던 세계는 첫 연에 다 상징화시켰습니다. 그런데 그 첫 연과 완전히 단절되어 버린 2연에서는 차가운 겨울로 넘어가면서 꽃들이 다 사라져 버리죠. 햇볕도 다 사라지고. 쉴 만한 따스하고 시원한 그늘도 다 없어져 버리고 다만 눈앞에 보이는 것은 말없이 보이는 성벽뿐입니다. 그리고 바람결에 그냥 자기 의지도 없이 덜그덕덜그덕 흔들리는 풍향계 소리. 그런데 이 시에서 "겨울이 오면"이라고 하는 가정법을 썼지요. 이 가정법은 어떤 불길한, '만약 나에게 겨울이 온다면'이라는 그 어떤 불길한 예감 같은 것에 사로잡혀 있습니다. 그리고 그럴 때 마주해야 될 성벽, 돌벽 같은 나의 운명, 삶, 이런 것들을 직면할 수밖에 없을 것이라는 예감에 사로잡혀 있습니다. 2연에서는 첫 번째 연과 색채가 완전히 다릅니다. 첫 번째 연에서는 아까 제가 말씀드린 것처럼 노란색, 붉은색, 흰색, 푸른색, 따스한 색들인데, 두 번째 연의 칼라는 회색이에요. 그 톤이 완전히 모노크롬적인 어두운 회색입니다. 붉고 푸르고 노란 이런 색들이 생동하는 색이라면 회색이라고 하는 것은 침묵이죠. 게다가 그 침묵 속에는 덜그덕거리는 불협화음과 같은 금속성의 풍향기 소리까지 나고 있어요. 금속성 소리를 통해서 우리는 또 메마른 빈 들판의 삶의 공허함 그리고 금속이 주는 차가움, 앞으로 내 삶은 이런 것들이겠구나 하는 것을 횔덜린은 「반평생」이라고 하는 시를 통해서 예감을 하고 있다는 겁니다.

사실 오늘날의 시인은 행복하죠. 지금의 저를 비롯해서 오늘날의 시인은 횔덜린의 이런 삶에 비하면 행복합니다. 또 어떤 면에서는 시인됨이 오히려 부끄럽고 내가 시인이라고 하는 것이 너무 사치스럽다는 거죠. 우리는 많은 것들로 무장을 하고 살고 있습니다. 지식으로, 때로는 학문으로, 또는 교수도 하고 직장도 갖고 또 돈도 많이 벌고, 그러면서 사장이면서도 또 시인인 사람들도 있습니다. 이 횔덜린의 예를 들어서 우리가 곰곰이 생각해 보면, 시인이란 무엇인가, 진정한 시인이란 시인 이외에는 아무것도 아닌 시인, 평생 시인 이외에는 아무것도 아닌 인간, 그런 시인이 아니겠습니까. 그래서 저는 횔덜린을 시인됨의 가장 으뜸 자리 위에 올려놓을 수 있는 시인이라고 믿고 있는 것입니다.

국내 망명 시인

시인으로 나이 먹어 간다는 건 인간이 나이 먹어 간다는 것과 어떻게 다른 것이고 무엇이 다른 것일까. 지금 와서 내가 만났던 시인들의 늙음을 생각해 볼 때 어떤 그 고결한 늙음이 그립다. 고결한 늙음의 모델은 이제 이 세상에는 영원히 없어져 갈지도 모르겠다. 아 아 이제까지의 내 삶은 사치로구나.

'망명 문학인'이란 용어가 있다. 나치 시대가 오자 토마스 만은 해외로 망명해 있었고, 고트프리트 벤과 하이데거는 나치에 협조했다. 국내에 남아 항거하지 못하고 이리저리 떠돈 자의 문학, 그것이 국내 망명자의 문학이다.

> 서울 미대 교수 옷
> 길가에 벗어서 잘 개어 놓고
> 혜화동 골목길 공주집 귀퉁이에
> 쭈그리고 취해 있는 장욱진이 걸치고 있는
> 초겨울 햇빛.
> 그 햇빛 옆이 나 사는 곳.
> —졸시, 「이 마음의 겉」 부분

이 초겨울 햇빛같이 축소해 놓은 공간, 그 최소한의 필요 공간에서 삶과 시는 발생한다. 길거리 한 귀퉁이는 마치 삶이 앉아 있는 툇마루 같은 공간이다. 그곳에 모종처럼 쪼이고 있는 시. 이 축소 공간은 인간이 옷처럼 걸치고 있기에 인간주의를 지향하고 있고 거처로 삼고 있기에 이미 정신주의의 공간까지도 함유하고 있는 것이다. 사람 냄새를 피하기 위해 고절의 꼭대기로 올라간 공간이 아니라, 사람 냄새 가까이 다가가고 있다는 점에서 인간적이다. 세상을 향해 아주 조금 툇마루 위에 앉아 있는 마음은 겸손하고 인간적이며, 필요하면 인간한테 곁을 내어 주는 공간이다. 왜냐하면 인간은 이 툇마루조차 다 사용하지 못하고 갈 것이 뻔하니까. 겨울 햇빛을 옷처럼 걸치고 있는 시의 툇마루는 인간을 향해 겸손하게 열리고자 하는 수평 지향성의 마음이다. 각기 극기와 인내를 견디고 있다 하더라도 중세 고딕 수도원 건축처럼 수직 지향적이 아니다.

툇마루는 일부러 숨겨 놓았다. 툇마루는 시에 보이지 않는다. 그걸 드러내 보여 주는 것은 시인의 친절이 아니다. 그것을 찾아내도록 암시해 놓는 것이 바로 시이기 때문이다. 툇마루는 인간을 위해 봉사하는 공간이다. 어디까지나 인간이 주 대상이다. 나의 시에 가끔가끔 툇마루에 인간을 누락시킨 경우가 있었다. 인간을 지워 놓았다는 말이다. 시는 거기까지도 가지만 다시 제 온 길로 되돌아 나올 줄도 알아야 하는 것이다. 나도 이젠 내 시에서 나라는 인간과, 삶을 보여 주어야 할 때가 온 것이다.

산에다 놓고 온 내 두상 가끔 머리에 맞추어 보듯, 또 몸뚱이 내 머리통 내 것 맞나 만져 보는 식으로 내 시가, 내 삶이 지금 거처하고 있는 곳은 어디인가.

말의 신체성

　시를 많이 쓰시지는 않았지만, 시인 김상억(金尙億, 1923-) 선생님은 모교 양정에서 국어를 가르치며 문예반을 지도하고 계셨다. 우리는 선생님이『현대문학』1956년 4월에 추천을 완료하신 줄도 몰랐고 '현대문학상' 제1회 수상자라는 사실도 모른 채 국어를 배웠다. 40대 초반의 선생님이 우리에게 가르친 것은 내 기억으로는 '시 쓰지 마라!' '백일장 같은 데 나가지 마라' '응모 같은 건 하지도 마라', '하지 마라'라는 말뿐이었다. 시를 보여 드려도 아무 대답도 없으셨다. 하지만 우리는 배운 게 있었다. 릴케에 빠져 있는 선생님으로부터 릴케의 결백성을 배운 것이다. 한 줄의 시를 쓰기 위해서는 오랜 기다림이 필요하다는 것. 선생님이 무슨 생각인지 우리와 문예반 졸업생 선배까지 인솔하고 동구릉으로 가을 소풍을 나간 적이 있었다. 당시 1960년대 중반의 동구릉은 완전히 시골 논두렁길이었다. 막걸리 몇 통을 지게꾼에게 나르게 해 놓고 우리에게 큰절을 시킨 다음 술을 가르치는 것이었다. 시인이 되려면 막걸리를 잘 마셔야 하는데, 막걸리의 뜻풀이를 '클 막(莫)' '호걸 걸(傑)' '마을 리(里)'라고 하시는 것이었다. 우리는 큰 호걸들이 사는 마을을 상상하며 막걸리를 마셨지만 막걸리같이 흔한 아무것도 아닌 말에서 말의 기품을 배운 것이었다. 말은 그렇게 제가 지닌 의미 자체의 창조적 빈곤을 벗어 버리고 의미의 대확충을 이루는 것이다. 선생은 모교를 그만두시고 그 후 청주대학으로 가 평생을 향가 연구에 바치셨지만 이제까지 시집 한 번 내신 일이 없다. 이 역시 시에 대한 결백성 때문이다.

하나의 말을 창조하기 위해 시인에게는 자기 내면에서 체화된 깊은 상상력의 대개혁이 요구된다. 말은 신체를 가지고 있다. 말의 알몸에는 시인의 교양과 품덕이 입혀져야 한다. 알몸으로 돌아다니는 말에 존엄과 기품의 회복과 도덕적 요청마저 요구된다.

> 십삼 촉보다 어두운 가슴을 안고 사는 이 꽃을
> 고사모사(高士慕師) 꽃이라 부르기를 청하옵니다.
> 뜻이 높은 선비는 제 스승을 홀로 사모한다는 뜻이오나
> 함부로 절하고 엎드리는
> 다른 무리와 달리, 이 꽃은
> 제 뜻을 높이되
> 익으면 익을수록
> 머리를 수그리는 꽃이옵니다.
> 눈 감고 사는 이 꽃은
> 여기저기 모여 피기를 꺼려
> 저 혼자 한구석을 찾아
> 구석을 비로소 구석다운 분위기로 이루게 하는
> 고사모사 꽃이옵니다.
>
> ─「코스모스」전문

첫 시집에 수록된, 아주 오래된 30년도 훨씬 더 넘은 초기 시이지만 이 시에는 내가 만들어 입힌 말이 하나 들어 있다. '코스모스'를 '고사모사'로 생각해 낸 것이다. 어감상 발음해 보아도 코스모스와 고사모사, 고사모사, 고사모사는 그리 귀에 거슬리지 않는다. 내가 굳이 고사모사를 한자어로 강조한 것은 말의 신체성을 강조해 놓기 위해서였다. 말은 연성체이다. 그러나 시인은 그것을 풀무질해 강골로 만들 수 있다. 쇠를 만질 줄 아는 자가 언어를 다루는 것이다.

라이프찌히 성 토마스 교회와 바흐

바흐는 좁은 변방 도시 라이프찌히를 떠나 국제도시 드레스덴 궁정에서 일하고 싶어 했다. 1729년 하이네헨이 죽은 후 비어 있던 궁정 악단의 악장 자리를 구하려고 1733년 바흐는 아우구스투스 2세에게 편지를 보냈다. "국왕 전하! 명만 내려주신다면 교회의 오케스트라를 위한 음악을 쓰는 저의 지칠 줄 모르는 열심을 드러내 보이고 전하를 섬기는 데 온 힘을 다하며 언제나 전하를 섬기는 미천하고 순종하는 종으로 남아 있고자 충성을 바치나이다." 만일 이 간청에 긍정적인 반응을 보였다면 음악사가 변했을 것이다. 보기 좋게 거절당하고 바흐가 30년을 봉직했던 교회가 라이프찌히 성 토마스 교회이다. 바흐는 이곳에서 매 일요일마다 새 칸타타를 지어 바쳤다. 교회 건물은 마치 어스름 속으로 기울어져 가는 장엄한 구름 같이 세월의 납이 더께로 붙어 굳어 있고, 내가 이곳을 찾았을 때는 내부 수리로 닫혀 있었다. 나는 보수 중인 바흐 동상 앞에서 유령도시 같은 라이프찌히의 백납 같은 밤을 배경으로 셔터를 눌러 댔다. 중세의 길은 언제나 광장을 중심으로 나선으로 뻗어 있다. 시내를 걷다 보면 어느새 다시 광장으로 되돌아와 있다. 이 묘한 환상 체험은 길이 최면술을 건 거 같았다. 그래서 교회의 첨탑을 표식으로 정해 놓고 다녔다. 되돌아올 때를 대비해서였다. 중세의 도시는 교회를 중심으로 길이 흩어졌다가 다시 집결된다. 신은 언제나 집합의 정점(頂点)이다. 바흐는 이 변두리에서 오직 교회음악 하나만을 지향한 것이다. 이 교회가 바로 교회음악사를 만들어 낸 성소인 것이다.

로렐라이 언덕에서

라인강의 유람선 운행 구간 중 마인즈-쾰른 사이를 잇는 180㎞가 제일 아름답다. 특히 마인즈-뤼데스하임-코블렌드를 잇는 90㎞ 구간이 절경이다. 강 언덕에 끝없이 펼쳐진 포도밭과 고성들과 교회들의 고색창연한 정취를 만끽할 수 있기 때문이다. 로렐라이 언덕을 보려면 뤼데스하임-장크트 고아르스하우젠까지의 30㎞ 구간을 이용해도 좋다. 강폭이 가장 좁고 가장 깊게 휘어져 나간 거친 물살을 따라 유람선으로 약 2시간이 소요되는데 로렐라이 언덕은 이 사이에 자리 잡고 있다.

로렐라이 언덕은 메아리치는 높이 132m의 암벽 지대를 말한다. 황금의 금발을 늘어뜨린 채 아름다운 노래로 지나가는 뱃사람들을 유혹했다는 전설이 무색하게 황량한 언덕이다. 찾아오는 여행자를 위한 조그마한 호텔과 로렐라이 동상이 언덕 안쪽으로 을씨년스럽게 들어서 있다. 마치 지나가는 이들에게 호객 행위를 하는 창녀처럼. 이곳이 독일 낭만주의 문학이 태어난 곳이라고 믿기에는 동상 자체가 너무나 썰렁해 보였다.

1,320㎞에 달하는 라인강은 수많은 전설들을 간직하고 있는 곳이다. 시인 음악가들이 이 강의 전설을 그냥 놔둘 리가 없다. 전해져 오는 이야기를 토대로 가공의 얘기를 만들어 내고 또 그것을 기정사실인 양 믿게 하면서 거의 전설처럼 믿게 만

들어 버렸다. 대표적인 예가 로렐라이 언덕일 것이다. 라인 강변에서 태어난 브렌타노는 이 언덕 아래를 지나는 뱃사람들이 요정의 노랫소리에 넋을 잃고 바라보다가 암초에 부딪쳐 난파하는 줄거리를 담은 소설 「고트비(Godwi)」에서 이 이야기는 자신이 만들어 낸 가공의 이야기라고 밝힌 바 있지만, 하이네, 아이헨돌프의 서정시로 이어지며 거의 전설처럼 믿게 되었다. 하이네가 지은 시 「로렐라이」는 무려 25명의 작곡가에 의해 곡이 붙여질 정도였다. 요한 슈트라우스나 프란츠 리스트도 로렐라이를 소재로 작곡을 남겼고 멘델스존은 오페라로 만들려다 실패하기도 했다. 예술 속에 나타난 로렐라이는 연인에게 배신당하고 강물로 몸을 던진 애처롭고 가련하고 청순한 처녀상이지만 뱃사람을 유혹하여 조난시키는 반인반조(半人半鳥)의 금발 요정으로 변해 지나가는 선원들에게 노래를 불러 배를 파선시키는 마녀의 모습을 감춘 저주의 요정상이다.

하이네의 시비

본을 찾아온 한국인들이 즐겨 묵는 숙소가 베토벤하우스이다. 베토벤이 묵었던 집이라서 붙인 이름이란다. 한국인들이 베토벤하우스를 즐겨 찾는 이유는 숙박비가 저렴한 까닭도 있지만 본 대학교 앞 수만 평방미터의 널찍한 공원과 라인강을 함께 바라볼 수 있는 언덕에 있기 때문이다. 본 대학에는 지금은 작고하셨지만 구기성 박사가 한국학연구소를 설립해 놓고 한국학을 가르치고 있었다. 나는 구 박사가 발행하는 『한(韓)』지에 보조금을 지원해 주는 자리에 있었고, 그런 연유로 본을 들렀을 때 구 박사를 찾아뵙기도 했다. 본에는 살바도르 달리, 피카소, 샘 프란시스 등 거장들의 작품을 늘 볼 수 있는 초현대식 현대미술관이 들어서 있다. 그러나 잘 알려지지 않은 것이 있다. 베토벤 하우스가 있는 언덕길을 조금 내려가다 보면 외따로 서 있는 현대 조각을 하나 만나게 되는데 아주 심플하다. 2m쯤 되어 보이는 자연석을 가로세로로 단순히 얹어 놓은 조각물인데 겉으로 보아서는 이것이 시비라는 사실을 모른다. 조각 중앙 검은 철판 상단에 아주 조그맣게 "하인리히 하이네(1797-1856)"라고 새겨져 있다. 이것이 바로 하이네 시비이다. 시비라기보다는 현대 조각일 것이다. 앞뒤를 둘러보아도 하이네의 시구절이나 시인의 생애가 단 한 줄도 새겨져 있지 않다. 대표 시와 시인의 이력을 대문짝만 하게 새겨 놓는 우리나라 시인들의 시비와는 대조적이다. 모든 군더더기와 치장을 삭제하고 '하이네'라는 이름 석 자만 새겨 놓은 그 자부심이 대단해 보였다. 본에서 기차로 1시간 거리인 뒤셀도르프 출신의 하이네가 본과 인연을 맺은 것은 본 대학교에 입학해 중세문학과 운율학 두 학기를 수강한 것뿐이다. 자존심이 강하고 낭만적인 이 시인은 일생 세 번 권총 결투를 신청하는데, 본 대학을 자퇴한 1820년에 한 번, 1822년 베를린에서 또 한 번, 1841년 파리에서 또 한 번 결투를 벌여 가벼운 부상만 입었다고 전한다. 나는 하이네 시비가 서 있는 이 언덕 어딘가에 권총 결투를 벌이던 곳이 있지 않을까 막연히 억측도 해 보았다. 본 시민들의 하이네에 대한 추억은 시인이 자기 고장의 대학을 다녔다는 자부심을 드러내지 않고 뽐내듯 라인강을 굽어보는 자리에 기념비로 서 있다.

물을 가꾸는 마음

　외국을 나가 보면 유서 깊은 도시들은 놀랍게도 도시의 역사 못지않게 오랜 세월 물을 가꾸어 왔음을 알 수 있다. 취리히 시 중앙역을 사이에 두고 흐르고 있는 리마트강이라든가 프라하 도시 한복판을 흐르는 몰다우강, 짤츠부르크의 다리를 관통하고 있는 잘자흐강, 독일 튀빙겐의 네카강 등등 녹색의 수변 풍경과 수목들이 조화된 이들 도시에서 인상 깊게 느낀 것은 옛날부터 보존돼 왔던 길과 강과 다리와 오래 묵은 집과 자연이 도시를 적시는 물길과 더불어 한결같이 아름답게 가꾸어 온 뭐라 형언할 수 없는 안정감이다. 이 심리적 안정감은 도시의 역사만큼이나 오랜 세월 나이 먹어 온 강변의 다리와 산책로를 걸어 보면 안다.

　'나도 이런 곳에서 태어났더라면…….'

　피렌체에서 가장 오래전에 만들어졌다는 비키오 다리 밑으로는 아르노강이 흐르고 있다. 흰 돛을 단 배들이 백조처럼 춤을 춘다. 모여든 관광객들로 서로 비좁은 길에서 어깨를 부딪히긴 하지만 '익스큐즈 미' 또는 '하이' 하고 서로 미소로 답례하면 그뿐, 서울에서처럼 인상을 찡그리지는 않는다. 흐르는 물은 확실히 인간들에게 심리적인 중화 역할을 한다. 모두가 흘러가는 인생이고 덧없는 삶일진대 뭐 그리 짜증 난다고 먼 이역에까지 와서 아등바등할 필요가 있는가.

45

사람은 태어난 곳도 중요하지만 죽는 곳도 중요하다. 카라 얀이 태어난 짤츠부르크의 주민 공동묘지에는 아주 소박한 무 덤들이 가꾸어져 있는데 그 속에는 카라얀의 시신도 있다. 소 박한 시민의 자격으로 고향의 공동묘지에 묻히기를 원했던 것 이다. 그 묘지에는 어떤 음악적 위엄도 장식도 없다. 카프카 역시 고성의 첨탑들이 삐쭉삐쭉 솟아오른 몰다우강을 가로지 르는 카렐교를 오가며 자신의 분신인 소설을 모두 소각하고 죽었다. 스메타나는 몰다우강을 주제로 체코 국민음악을 일 으켜 세운 작곡가로서 이름 없이 죽었다 부활했다. 강은 생성 과 소멸의 인간의 역사를 따라 흐르고 있고 물이 있는 도시에 서는 예술가들이 많이 태어난다. 물이 곧 사람의 인성을 맑게 해 주기 때문이다.

한국은 물이 많은 나라이다. 개울이 있는 곳이면 어디에나 징검다리가 있었고 돌다리가 있었으며 사람들이 쉴 수 있는 정자들이 지어져 있었다. 이러한 쉼터에는 흰 구름 한 조각도 지나가는 나그네처럼 들렀다 쉬어 가곤 했다. 물이 있는 곳에 는 사람들의 여유로움이 있다. 물을 중심으로 마을이 있고 아 랫마을과 윗마을이 다리를 놓으면서 화해했다. 물길은 단순히 자연의 길로서만이 아니라 사람이 가야 할 인간의 길로 인도 하고 연결시켜 주는 중요한 매개 기능을 해 온 것이다. 그래서 공자가 말했던가. 덕이 있는 자는 물가 가까이 집을 짓고 살 며 현명한 자는 산속에 움막을 친다고. 예부터 동양에서 물과 산은 인간의 심성을 기르는 곳인 동시에 덕성을 배양하는 곳 으로 알려져 왔다. 산이 있는 곳에는 물이 있고 물이 있는 곳의 근원을 찾아가 보면 산꼭대기에 하늘이 있다. 서울은 하늘을 지붕으로 삼고 수많은 산과 물이 조화롭게 어우러진 천혜의 도시이다. 푸른 물과 산을 보존하려는 운동은 지금도 끊이지 않고 있다. 자연의 혜택을 하늘로부터 받지 못한 세계의 나라들조차 풀뿌리 하나를 귀히 여기고 인공의 숲을 조성하여 도시를 녹색 공간으로 가꾸려 한다. 그러나 가꾸어진 인공적인 도시의 숲은 거대하고 파노라마적인 풍경으로 우리를 압도하지만, 그것은 깨끗이 소독된 청결감을 주되 다가가 만져 보고 느끼기에는 거리감을 주는 전시장의 그림이요 자연 속의 모조품 같다. 인간은 거리에 담배꽁초도 버리고 싶고, 낙엽을 휘날려 어지럽혀 보고도 싶고, 쓰레기통도 발로 걷어차 버리고도 싶고, 교통 체증으로 욕지거리와 괜한 짜증을 내고도 싶고, 사랑하는 사람과 눈물을 길거리에서 흘려 보고도 싶은 존재이다. 도시가 사람들의 편의와 애환과 삶을 담고 있는 그릇이라면, 서울이라는 도시는 불규칙하고 도처의 무질서 속에서도 엉거주춤한 모습을 이루며 적응해 가는 가장 인간적인 도시라는 생각이 드는 것이다. 우리보다 좀 못사는 나라에 가 보면 뭔가 안도감을 느끼듯이 잘사는 나라를 헤매다 공항에 내리면 잠깐이나마 내 집에 왔다는 안정감은 나만 느꼈던 심정일까. 도시 전체가 유적인 로마에서 차를 몰다가 신호등 위치의 불규칙함으로 인해 나는 머리가 지끈지끈거려 두통약을 입에 물고 다닌 경험이 있다. 건물의 창 쪽으로 들어오는 거리의 가로수 가지조차 마음대로 자르지 못하도록 법으로 정한 로마시의 외곽 길은 자꾸 벋어 가는 가로수 가지를 보호하기 위해 가지의 훼손을 피해 불규칙하게 신호등을 설치했기 때문이다. 예산의 낭비를 무릅쓰고라도 인간의 이기보다도 자연의 훼손을 막으려는 극단적인 예가 되겠지만 나는 어정쩡한 마음을 숨길 수가 없었다. 인간보다도 자연을 중시하고 도심의 숲조차 유적처럼 보존하려는 아름다운 마음을 나무랄 수 없다 해도 인간이 소외되어 있다는 생각을 잠시나마 떨쳐 버릴 수 없었기 때문이다. 글로벌 시대를 살며 나는 내 사고 속에 '어글리 코리안'의 요소가 잠재해 있다는 것을 부인하진 않는다. 그러나 '어글리 코리안'들이 모여 사는 한국이 편한 나라라는 생각으로 기울어져 있다. 인간이 나이를 먹듯이 도시도 나이를 먹어 간다. 도시에도 나이가 있다면 우리의 서울도 서구 도시 못지않게 6백 년이라는 역사를 지닌 만만치 않은 노령의 도시 축에 낀다. 나이를 먹었으면 그 사실에 걸맞은 품위와 체통도 있을 것이다. 그러나 정작 자랑스럽게 내세울 품위라는 게 무엇이 있을까. 외국의 도시는 구시가지와 신시가지로 나뉘어져 보존할 것은 보존하고 새로이 확장할 것은 개발한다. 서울 도심은 이 두 개가 융합되어 있다. 헐고 이전하고 복원하고 보존하고 하는 식의 혼란스런 융합이다. 한때 도시는 질서, 선 그 자체라는 말이 나돌았었다. 나는 이 획일화된 선에 현기증을 느낀다. 그러나 도로에서 몇 발자국 안으로 들어가면 아직도 대부분의 서울의 길은 사람의 체취를 맡을 수 있을 만큼 좁고 꾸불꾸불하다. 좁고 구부러져 있는 길 양편에 다닥다닥 붙은 상점과 집들도 올망졸망하며 답답하지만 획일화된 대로변에 강아지처럼 뛰쳐나와 있다는 어리둥절함과 고절감을 느끼게

48

하지는 않는다. 구 서울의 길을 우리가 부수지 않은 것이 다행이라는 생각이다. 양팔을 벌리면 서로 닿을락 말락 한 비좁고 구부러진 양옥집 담 모퉁이에 졸고 있는 강아지를 볼 수 있는 길. '창순아, 영길아 놀자' 하는 소리가 옆에서 들리는 길. 그 길을 철거하고 아파트화하는 사고는 일직선화, 획일화라는 편의를 낳고 있다. 좁은 길은 주변을 헐어 넓히고 악취 나는 개천은 정화는커녕 시멘트로 복개해 버리고 주차장으로 이용해 온 것이 서울의 대부분의 하천들이 겪은 운명이었다. 복개해 버린 청계천은 근대화의 물결에 밀린 희생양 1호였다. 세계 어느 도시보다도 강과 작은 하천을 끼고 있으면서 아름다운 명산이 많기로 으뜸가는 서울. 사대문 안에 고궁과 문화재들이 모여 있고 비만한 몸뚱이를 자랑하며 솟아 있는 고층 빌딩들. 이제 그 사이로 천혜의 물줄기를 되살리고 현대적 조형미를 가미해 도시 친화적인 생태 공간을 복원한 것에 서울 시민으로서 박수를 치지 않을 수 없다. 청계천이 도심의 환경 친화적인 산책로로, 수상 공원으로 되살아나 줄 줄 누가 선뜻 믿었을까.

예부터 물을 아름답게 가꾸는 도시에서는 유명한 학자, 철학자, 음악가, 문인, 화가들이 많이 태어났다. 체코 국민음악파인 드보르작과 스메타나를 비롯해서 라이너 마리아 릴케와 카프카는 프라하 출신이며, 모차르트와 카라얀은 짤츠부르크에서 자랐다. 헤르만 헤세는 헤겔과 횔덜린이 신학교를 함께 다니던 독일 튀빙겐의 네카 강변 다리 근처의 고서점에서 점원으로 일하며 대문호의 꿈을 키우기도 했다. 호수를 좋아한 헤세는 여름철이면 오스트리아의 보덴 호수에 머물며 몇 달씩

집필을 하곤 했다.

산과 물이 있는 도시는 한결같이 무드가 있다. 서울은 로마나 프라하처럼 고색창연하거나 뉴욕, 맨하탄처럼 현대적이지는 않지만 도심 고궁에서 머리만 치켜들면 눈썹 위로 걸리는 인왕산, 삼각산, 북악산의 줄기가 북한산의 각 능선과 바위를 타고 도봉산 오봉으로 학처럼 솟구쳐 올랐다가 사패산으로 내려가고 다시 한줄기가 수락산과 불암산으로 늑골처럼 뻗어 가고 있다. 파노라마 같은 천공(天空)의 풍경이다. 산과 물이, 과거의 전통과 현대가, 인간과 자연이 융합된 무드가 있다. 나는 그 무드를 한국적이면서 현대적으로 복원된 청계천의 춘하추동의 품격에서 주야로 발견할 수 있다고 본다.

나와 김달진 옹

踏盡千山雪 천산의 눈을 밟고 돌아다니다가
歸來臥白雲 돌아와 흰 구름에 누워 있노라

이 글은 선사(禪師)이며 시인이었던 월하(月下) 김달진(金達鎭) 옹과 만나며 삶 속에서 선(禪)을 실천했던 옹의 모습을 생생히 전하고자 작성한 것이다. 일제강점기 미당 서정주와 같이 '시인부락' 동인으로 활동하다가 평생을 팔만대장경 역경 사업에 바치신 후 노년에 은거 이후 문단의 어느 누구와도 거의 교제가 없었던 선생을 처음 만난 것은 선생이 77세 희수를 갓 넘기신 해인 1984년 겨울 수유동 댁에서였다. 작고 문인이 아닌가 할 정도로 문인 주소록에서도 누락되어 있었던 선생이 작고하신 1989년까지 4년여에 이르는 기간 동안—비록 단속적(斷續的)이지만 선생을 찾아뵈면서 그나마 이런 글을 쓸 수 있다는 것은—노경(老境)을 넘어선 선생의 만년의 가려진 면모를 가까이 접할 수 있었다.

그 기회는 우연하게 30대의 내게 찾아왔다. 1984년 경향신문 『정경문화』 최영주 부장이 신간 서평을 청탁해 왔는데, 그 책이 다름 아닌 선생의 『한국 선시(韓國禪詩)』(열화당)였다. 그때까지 내가 알고 있던 김달진 선생은 학창 시절 선생이 역주로 펴낸 『법구경』이나 『한산시』 정도를 읽었을 뿐인지라 난

감하기 짝이 없는 무거운 마음으로 정신없이 원고를 쓰고 말았다. 얼굴이 화끈거리는 일이 아닐 수 없었다.『한국 선시』는 사실 동양학으로 지칭될 수 있는 이 계통의 출판사상 최초로 큰 획을 그은 책이지만 좁게는 한국시의 정신적 맥락의 원뿌리를 찾아가 볼 수 있는 물줄기를 열어 놓고 있다. 나는 아직도 선생이 이 책의 도비라 페이지에 화인처럼 새겨 놓은 작자 미상의 선시 한 편을 20여 년이 지나도 아직도 외우고 있다.

> 날마다 하는 일이 별것이 없네.
> 오직 나만을 짝으로 삼나니
> 신통이라니 묘용이라니
> 우물을 긷고 섶을 나르네.

김달진 선생의 사위인 최동호 교수와 나는 고등학교 1년 선후배 지간이다. 서평이 나가고 얼마 후 최동호로부터 언제 한번 시간이 닿으면 선생을 한번 뵙지 않겠느냐는 연락이 왔다. 그렇지 않아도 한번 뵙고 싶은 심정이었는데, 내가 살고 있는 수유리 화계사 밑에서 선생이 살고 있는 집은 그리 멀지 않은 같은 동네에 있었다. 북한산의 찬 기운이 내려와 있는 수유리 재래시장 골목길을 끼고 최 교수와 둘이서 잎 다 떨군 은행나무들과 이제 막 켜진 외등의 불빛이 늦추위에 을씨년스럽기만 수유동―옛 명칭 가오리(加五里)―에 들어선 신흥 주택가를 한참 걸어 올라가니 골목 어귀에 붉은 벽돌로 새로 지은 지 얼마 되지 않은 조그마한 아담한 이층집이 나왔다. 그곳이 사위인 최 교수가 노령의 선생 내외분을 모시고 사는 집이었다. 1층 안방을 선생 내외가 쓰고 계셨고, 나머지 공간은 최 교수의 살림집으로, 2층은 최 교수가 주로 거실 겸 서재로 이용하고 있었다. 시인 아무개한테 맡겨서 지은 집이라는데 날림공사가 되어 난방장치 때문에 겨울을 날 때마다 애를 먹고 있는 듯했다. 늦은 겨울 저녁이라 북한산 줄기는 어둠에 가려져 있었지만 능선의 실루엣은 어둠 속에서도 뚜렷하게 다가왔다. 산줄기에서 내려온 차가운 기운이 2층 거실 유리창까지 바짝 몰려와 있었다.

看山淸我目 산을 바라보아 내 눈을 맑게 했노니

큰 털덧신을 신은 수척한 노인이 2층으로 걸어 올라오셨다. 왜 내 눈에는 그때 하얀 솜으로 누빈 품이 넉넉한 한복이 먼저 보이지 않고, 구름같이 흰 하얀 털덧신이 먼저 내게 다가온 것처럼 느꼈을까. 사실 그렇게 큰 털덧신을 나는 지금까지 본 일이 없다. 노인이 신고 올라온 그 큰 흰 구름.

雲自無心白 구름은 무심히 희구나

문단에서 이미 잊힌 지 오래인 78세의 노시인에게 인사를 하고 난 이제 막 서른다섯을 넘긴 청년 시생(詩生)의 눈길은 자꾸만 그 큰 털덧신으로만 쏠렸다. 내 나이 서른다섯이었다. 가볍게 맥주 상이 차려지고 안주가 나오고 나는 과분한 시간 속에서 몸 둘 바를 몰랐다. 특이한 것은 선생이 맥주를 정종처럼 따끈하게 주전자에 데워 드시는 오랜 습관이었다. 술이 오가면서 내 입에도 새순이 나고 선생의 마음속 옛 덩굴에서도 꽃이 피기 시작했다. 꼬냑도 나오기 시작했다. 선생과의 첫 알현은 이렇게 시작되었다. 말씀은 많이 안 하고 계셨지만 선생은 새로 출간할 『당시 전서(唐詩全書)』에 수록할 옥고를 갈고 다듬고 계시다는 것을 나중에야 알았다. 일 년 내내 누가 찾아오는 일도 없으므로 나를 짝 삼아 지내는 적적한 생활이 신통할 것도 없다는 그 겸허함. 그리고 날마다 하는 일이 별것이 없다는 그 소탈함. 그 소탈함에 젊은 기백은 위압당했고, 그 겸허함에 나는 주눅이 잔뜩 들었다. 아! 내 삶은 사치로구나.

날이 개어 해가 나고
비가 내려 땅이 젖네.
조금도 숨김없이 다 말했거늘
남이 믿지 않을까 다만 두렵네.

1940년에 출간된 선생의 첫 시집 『청시(靑柿)』에 「우후(雨後)」라는 짤막한 시가 있다.

비 온 뒤 산 위에 올랐다가
아무것도 없어
송홧가루 젖은 채 어지러이 깔려 있는 붉은 흙 보고

54

그저 무심한 양 범연(泛然)한 양 시름없이 돌아온다.

—「우후」 전문

30대 초반에 쓴 이 시에서 선생은 벌써부터 무심과 범연한 마음의 경지에 가닿아 있었다. 한국 근대시사가 지나쳐 버린 부분이다. 무심과 범연함의 경지는 노경에 들어서도 변하지 않았던 시인의 세계이다.

가을비 지난 뒤의
산뜻한 마음
지팡이 들고 혼자 뜰을 거닐면
저녁 햇빛에 익어 가는 단풍잎.

아무 일도 없이 뒤 언덕에 올라가
아무 생각 없이 서성거리다가
그저 무심히 그대로 내려왔다.
아까시아 숲 밑에 노인이 앉아 있다.

—「가을비」 전문

이 두 시를 비교해 보면 평생을 불경과 한서와 접해 있던 선생에게서 변하지 않는 눌인(訥人)의 기품과 격을 쉽게 찾아낼 수 있다. 격(格)은 교양의 훈련으로도 가꾸어진다. 그러나 그 격을 내재된 기품으로 삶 속에서 평생 유지하는 것은 엄청난 고통이다. 그 고통스러움을 쉽게 드러내지 않는 시에서 나는 우리 옛 선인들이 바쳐 왔던 시에 대한 예절을 찾아낼 수 있었다. 그것은 오늘날의 시인들이 한 번쯤은 순복(順服)해 볼 만한 예절이다.

　선생은 시인으로서 불경 이외에 한국 선시나 한국 한시, 당시(唐詩)를 번역하면서 적요를 즐기셨다. 큰 밭을 갈고 난 황소처럼 온몸에 젖은 땀에 대해 스스로 말하신 적이 없었다. 그저 이 세상에서 별것이라고 내세울 수도 없는 물이나 긷고 섶을 나르는 정도의 일이라고 생각하고 계셨다. 선생 자신도 말씀하셨듯이 시인은 결국 외로운 것이다. 나이 육십에서는 해마다 늙고, 칠십에서는 달마다 늙고, 팔십에서는 날마다 늙는다고 하셨다. 노경의 삶, 그 적적함을 더 자유롭고 명료하게 각인시켜 주는 것은 책상 앞에 단정히 마음 모으고 책갈피를 넘기시며 즐기는 적요함이었다. 그날 선생은 경허(鏡虛) 스님도 즐겨 외웠다는 시구절 하나를 들려주셨는데 위응물(韋應物, 736-?)의 「가을밤에 구원외(邱員外)에게」라는 시였다.

懷君屬秋夜　가을도 밤이라 그대 생각에
散步詠凉天　외로이 거닐며 시를 읊는다.
空山松子落　빈산에 솔방울 떨어지나니
幽人應未眠　은거하는 그대도 잠 못 이루리.

　세사(世事)에서 벗어나 홀로 은거하며 살고 있는 친구에게 준 이 시에서 선생이 핵심 이미지로 여기시는 부분은 "공산송자락(空山松子落)"이란 구절이었다. 이 구절을 어떻게 번역해야 1200년 전 왕유와 맹호연이 살던 당대의 낙엽 진 산속에서 솔방울 혼자 툭 떨어지는 적막하고 공적(空寂)한 고적감이 되살아나느냐는 것이었다. 선생이 생각하고 계신 것은 내가 짐작건대 적막을 일깨우는 적막, 그 속에 맑게 깃들어 있는 적요, 아니 그 적요 속에 귀 대고 있는 마음의 기품이 아니었던가. 낙엽이 가득한 빈산은 그 자체 그대로 허적(虛寂)한 세계이나 그 산을 울리는 솔방울 떨어지는 소리는 고적(孤寂)으로 다시 한 번 비었다가 충만하게 되는 주체할 수 없는 자아와 닿아 있다. 빈산에 떨어지는 솔방울 소리를 들으며 더 잠 못 이루는 이는 그대보다도 그대를 생각하고 있는 나요, '낙(落)'이란 말은 이 경우 그대와 나 사이 서로 떨어져 사는 격절의 심정까지도 포함하고 있다고 보아야 할 것이다. 그 거리감은 솔방울 떨어지는 소리 안에서 밀착되어 있다고 보아도 무방할 것이다.

선생은 "공산송자락(空山松子落)"이란 구절을 매일매일 다듬고 계시는 것 같았다. 선생의 마음을 엿보고 집으로 돌아온 나는 고단위 불면증을 선물로 받아 온 느낌이었다. 사실 시 쓰는 자에게 가장 좋은 선물은 술도 아니요 칭찬도 아니요 불면증이리라. 그 후부터 나는 선생 댁을 자주 찾아가게 되었다. 선생도 스스럼없이 나를 '조 군'이라고 불러 주셨다. 최동호 교수의 경희대 제자들 가운데 후에 문학평론가로 등단하게 되는 강웅식 군이 군대에 입대하는 날엔 2층 거실로 올라오시어 강 군의 출정식 파티에 참여하시기도 하셨다.

그 이듬해 여름날이었다. 삼복더위에 어떻게 견디시나 선생 댁을 방문하니까 그 더위에도 한복을 입고 계셨다. 날씨

가 하도 더워 선생을 모시고 집 밖으로 나가 술대접을 할 생
각이었다. 집 바깥으로는 좀처럼 나가시지 않는 분이지만 가
끔 들르는 아는 술집이 있다고 하셨다. 그 술집이란 곳이 번화
한 시내 건물 쪽에 있는 것이 아니라 동네 재래시장 속에 간
판도 없는 케케묵은 장지 종이가 발라진 서너 개의 탁자가 있
는 객줏집이었다.

　　돌처럼 찬 '허무'의 빌딩은
　　나는 추워라 어실어실 추워라

　선생의 취향은 예나 그때나 어느 산촌 아래의 소탈한 객줏
집 툇마루에 내놓은 참한 술상, 여주인이 정성껏 보아 온 앉
은뱅이 옷빛 상에 차려지는 고사리나물, 호박전, 오이김치, 두
부 지짐 같은 소탈한 안주들을 좋아하셨다. 거기에 한가로운
정취를 자아내는 땡볕 마당 그늘에서 졸고 있는 닭과 타는 듯
붉은 금련화와 먼 하늘가의 구름도 쳐다보며 쉴 수 있는 아득
한 향수를 조금이라도 불러일으켜 주는 곳이 적격이건만 서울
변두리 바닥에도 알뜰한 정이 남아 있는 그런 곳이 남아 있을
리 없고 동네 시장 구석에나마 남아 있는 허름한 객줏집을 좋
아하셨다. 막걸리도 주전자에 덥혀 자시곤 했다. 술집 주모가
가끔 혼자 들르시는 이 노인이 누구인지 알 리가 없었다. 정갈
한 차림으로 가끔 들르시어 막걸리를 데워 마시는 특이한 경
상도 노인쯤으로만 알 뿐이었다. 선생을 모시고 술을 마시면
자연히 최 교수와 나, 선생과의 대화는 선생의 관심 분야인 선

시 쪽에 모아지게 된다. 그리고 세상의 모든 냄새와 허튼소리
와 짓거리로부터 벗어난 선생에게 그래도 생의 활기라도 잠깐
드릴 수 있는 게 무얼까 신경 쓰지 않을 수 없었다.

　　혼자 깊은 여름밤을 마루에 앉았나니
　　이제 막 두 번째 감 떨어지는 소리 났다.

　이 시는 『올빼미의 노래』에 실린 시이지만 금강산 유점사에
서 선생이 머리 깎고 법무 일을 보고 계실 때 고당(古堂)에서
듣던 여름날 뒷산의 경쇠 소리와 연결 지어 읽으면 한결 울림
이 적요해 온다. 특히 첫 번째 감 떨어지는 소리와 오랜 시차
를 두고 두 번째 감 떨어지는 조락(凋落)의 소리 속에서 경쇠
소리가 들려오는 것 같다. 이 시가 쓰인 현장이 깊은 산사(山
寺)라고 가정을 해 보면 그 울림은 한결 더 맑아진다. 선생의
시작(詩作)은 그야말로 과작으로 온갖 욕망을 버리고 마음을
방전한 후 드물게 잠언들이 들어 있다.

　　아무도 제가
　　쓸다 남은 길 위의
　　낙엽 밟으며 가는 줄을 모른다.
　　　　　　　　　　　　　　　　　　　—「낙엽」 부분

　쓸어도 쓸어도 다 쓸어 내지 못하는 길 위의 낙엽을 어쩔 수
없이 우리는 밟고 간다는 것이다. 그걸 알아야 한다는 것이다.

이 시는 1980년 『죽순』 동인지에 발표된 시이다. 이때 선생의
나이 73세. 잠언의 묘미는 덧없게나마 삶에 관여하는 한마디
라는 데 있다. 선생이 평소 아낀 선시의 한 구절을 본다. 움쩍
도 않고 그냥 있다는 걸 알아야 한다는 것이다.

> 雲走天無動 구름은 달리지만 하늘은 움쩍 않고
> 舟行崖不移 배는 흘러가도 언덕은 그냥 있네

　선생이 사위를 따라 월계동의 동신빌라로 이사하신 후 뵙
는 기회가 차츰 뜸해졌다. 선생은 피부건조증으로 고통을 받
고 계셨다. 우울해 계시다는 연락이 최 교수로부터 오면 퇴근
후 빌라 근처 새로 생긴 일식집으로 나가 선생을 기다리며 정
종 히레를 마시며 청담을 나누었다. 이때는 이미 700쪽이 넘
는 『당시 전서』(민음사)가 출간되었고 선생은 새로이 『한국 한
시』 번역에 착수하고 계실 때였다. 그해 겨울이었던가. 며칠
몇 밤을 쏟아붓던 폭설이 빙판으로 변한 밤이었다. 우리는 꽁
꽁 언 얼음 밤 세상 바깥으로 잠행하기로 결정했다. 선생은 털
옷을 한복 위로 두툼하게 입으시고 우리 둘을 따라 택시에 올
라타셨다. 여자 있는 술집으로 선생을 한번 모시기로 한 것이
었다. 우리 세 명이 간 곳은 미아삼거리 대지극장 옆 골목에 즐
비한 텍사스촌이었다. 영하 10도를 오르내리는 혹한의 밤에
손님이 있을 리 없었다. 술집이 '황금마차'였던가, 이름은 정확
히 기억나지 않지만 골목 중간에 있는 집을 찾아들어 가 방에
다 술상을 벌였다. 주인 여자가 이 밤중에 웬 신선 노인이 제

자처럼 생긴 젊은 사람 둘을 거느리고 오셨는지 반갑게 인사
하며 술상을 보기 시작했다. 게다가 술청 드는 색시까지 조신
하게 타이르며 들여보냈다.

　　蓬萊織女廻雲車　봉래산의 직녀는 운차 돌려 맞이하여
　　指點虛無引歸路　허무를 가리키며 돌아갈 길 인도하라

　"봉래(蓬萊)"는 동해(東海) 복판에 신선이 사는 섬이며, "운
차(雲車)"는 신선이 타는 마차, "허무(虛無)"는 장자가 말하는
'무하유향(無何有鄕)'을 말하며, "귀로(歸路)"는 그곳으로 돌
아가는 길을 뜻한다. 우리가 예까지 온 것은 술청 드는 색시에
게도 선골(仙骨)이 있기 때문이니 세상 사람 그 누가 그 까닭
을 알겠느냐. 이 시는 선생이 번역하신『당시 전서』에 들어 있
는 두보의 시이다. 한 시간여쯤 맡아 본 세상의 분 냄새. 여자
여, 구태여 꼿꼿이 앉을 것 없느니라. 내 선생은 산을 바라보
아 맑게 하신 눈, 영욕에도 한가하시니 너는 이 술판이 다하면
선생이 타고 가실 "운차"를 빨리 대령하여라.

　　孤輪獨照江山靜　외론 달만 홀로 밝아 강산은 고요한데
　　自笑一聲天地驚　한 소리 큰 웃음에 천지가 놀라 깨네.

　대지극장 골목에서 선생을 배웅한 후 얼마 후에 선생은 군
에서 제대해 무역 회사를 차린 막내아들이 있는 강남으로 거
처를 옮기셨다. 막내아들이 결혼을 해 며느리를 맞았고 모셔

갔으므로 그때부터는 최 교수가 장인을 모실 이유가 없어졌다. 강남으로 옮기신 후에 상처하셨다는 소식과 노환으로 칩거하고 계시다는 소식을 들었다. 선생은 비록 완간된 책을 생전에 보지 못하고 돌아가셨으나 마지막 얼마 남지 않은 목숨을 불태우며 쇠약해 가는 근기와 싸우면서『한국 한시 1-3』(민음사)을 완성해 놓으셨다.

선생이 가신 지 벌써 열여섯 번째의 봄이 오고 있다. 선생이 묻히신 곳은 풍산(豐山). 내 나이도 이제 57세, 찬 기운 남아 있는 불암산은 마음속에서 더욱 푸르러 가기만 하는데 고결한 늙음을 생각할 때 그리워지는 분이 바로 만년의 월하 김달진 선생이다. 그 옛날 1985년 여름 수유리 재래시장 골목 객줏집에서 선생의 환한 웃음 앞에 지어 올렸던 졸시 한 편을 기억해 본다.

쑥대풀 우거진 저편 강 언덕에 빈집 한 채 있네.
언제나 대문은 닫혀 있어도
빗장은 안으로 열린 채 있네.

저편 강기슭에 쉬고 있는 배
흰 구름 내려 주고 빈 배로 다시 떠나고 있네.
　　　　　　　　　　　　—졸시집『허심송(虛心頌)』에서

시 뒤의 시

　시인에게는 독자가 없다. 구경꾼만 있다. 구경꾼은 어떤 드라마틱한 사건을 잔뜩 기대한다. 가령 넉다운되었다거나 잠적했다거나 자살했다거나 어떤 극적인 재미를 기대한다. 독자는 다르다. 독자는 시인의 쓰러진 삶을 통해 자신을 일으켜 세운다. 시인이 삶에서 한판 패로 나자빠지거나 폴 패를 당할 때, 같이 바닥에 드러눕는 경험을 한다. 우리의 삶은 현실의 완력을 당해 낼 재간이 없다. 자빠뜨리고 전신을 억누르고 있는 현실의 중량에는 절망이라는 무게가 가중된다. 시인은 삶이란 매트 밖으로 걸어 나가고 싶다. 문득 주위를 둘러본다. 거기에는 그가 밀쳐 내려다가 용납했던 현실이 바윗덩어리처럼 요지부동하고 있다. 현실은 늘 그렇다. 시인을 기권하게 만든다. 여기서 구경꾼은 개구리처럼 환호하고 독자는 울음을 터뜨리는 것이다. 그리고 얼마 후엔 독자에게서부터도 시인은 서서히 잊혀 가는 것이다. 김정란은 장 랑셀름(Jean L'Anselm)의 시를 빌려 시인을 이렇게 풍자하고 있다.

　　—시인이란 무엇인가
　　—그건 절대로
　　　텔레비전에 나오지 않는 사람이지.
　　　왜냐하면 유명하지 않으니까.

—왜 시인은 유명하지 않지?

—절대로 텔레비전에 나오지 않으니까.

오늘날 시인은 상품 가치가 없는 존재이다. 미디어에서의 이들에 대한 사용가치란 우스꽝스럽게도 홈쇼핑의 무스탕 잠바 선전, 오락 게임에서의 홍백전, 후보 지지 연설자 등 일회용 소비재로써의 역할들이다. 그나마 이런 선전 가치물의 유익성이 기대와 반대로 무익성으로 돌아오면 시인이란 존재는 한 번 쓰고 버린 종이컵이나 티슈 화장지가 되어 버린다. 시는 이제 코를 푸는 데도 도움이 안 되는 것으로 전락했다. 시는 덮고 자는 홑이불도 될 수 없다. 그런데도 사람들은 수많은 밤에 시를 쓴다. 너도 나도, 힘들어도 쓰고 심심풀이로도 쓰고 화풀이하기 위해서도 쓰고 사랑을 외치면서도 쓰고, 쓰자마자 죽은 시를 또 쓰고 있다. 시 쓰기는 일부 계층의 문화생활의 재미로 변했다는 느낌도 준다. 말테 식으로 뒤집어 얘기한다면 사람들은 쓰기 위하여 시로 몰려드는 것이다. 내가 놀라는 것은 어쩌다 이 사람들의 집에 갔을 때, 구석에 시집 몇 권 보이지 않는다는 사실이다.

—시집은 뭐하러 사 봅니까? 인터넷에 다 복제되어 있는데.

—그럼 즐겨 읽는 시인 좀 말해 보세요.

—아니, 없습니다. 인터넷 사이트에 좋은 시라고 올라온 거는 다 읽습니다.

―읽어요? 그건 보는 거지요.

―저는 봅니다.

―구독하고 있는 시 전문지가 한 권도 안 보이는군요.

―주소는 알기 때문에 투고는 계속하고 있어요.

불길한 시대 속에 우리가 살고 있다는 위독감은 어디에서 오는 것일까. 먼저 우리 시인들에게서 찾아볼 수 있다. 시를 안 읽기로는 정작 시인들이 더하다. 시집을 보내 주면 무답이다. 어느 누구는 봉투도 안 뜯어본다고 고백한다. 이런 마당에 과연 몇 명의 시인들이 시집을 사 보거나 시 전문지를 사 본다는 추측은 불가능하다. 내가 학교에서 일일이 사인을 해서 준 신간 시집도 정말 읽었는지 학생들에게 물어보기도 두려운 세상이다. 서로 마주하고 있지만 각자는 서로 통화 이탈 지역에 앉아 있다. 아, 이 불길한 자폐의 시대! 수만 개의 개미굴을 나는 상상하기조차 싫다. 인터넷 사이트엔 웬 모르는 이름들이 왕거미처럼 거미줄을 치고 있는지. 언뜻언뜻 사치스러운 거미줄이 비치기도 한다.

가끔 공상을 해 보는 일 중의 하나지만 시인 김수영에 대한 것이다. 김수영이 만일 생존해 있다면 현재 85세. 노령의 몸으로 아직도 '온몸론(論)'을 주장하고 있을까, 어떤 '가래침론'을 주장하고 있을까. 그가 살던 도봉동 양계장 일대의 부지가 금값으로 변해 아파트 단지가 된 지금, 토지 보상금만으로도 어마어마한 거부가 되었을 것이다. 계속 시를 썼을까. 아니면 어디 숨어 독은(獨隱)하고 있을까. 중이 되어 버렸을까. 김춘수

처럼 국회의원 배지를 달고 여야로 갈라져 있었을까. 김춘수
는 2004년 82세로 타계했다. 김수영은 48세에 타계했다. 사
인은 교통사고. 묘하게도 김수영이 타계한 1968년은 체코의
자유화 물결이 일던 해이고 소위 '프라하의 자유화 물결'이 미
칠 영향을 두려워하며 소련 장갑차가 진압한 해이다. 그 1968
년 실종되었던 체코 지식인 시인 죠셉 호니는 살아 돌아와서
동료 시인들에게 자택에서 신작 발표를 하겠다고 선언했다.
기자들과 시인들을 집에 초대하기로 한 그날 손님이 도착하기
한 시간 전에 그는 자살했다. 그의 자살이 바로 그의 신작이었
다. 일본의 가즈오 시라가도 신작 발표를 선언하고 발표 당일
빌딩 꼭대기로 올라갔다. 그는 빌딩 밑 도로에 미리 펼쳐 놓은
광목천을 향해 투신자살했다. 그의 몸에서 나온 피가 젖은 광
목천을 신작으로 보아 달라는 유언을 남겼다. 이들에게는 몸
자체가 언어였다. 이들의 '온몸론'은 관념이 아니라 정신이요,
정신을 직접 삶의 행동으로 실천했던 정신이었다. 그 극단의
예를 우리는 두 사람의 죽음에서 본다.

시는 온몸을, 온몸으로 밀고 나가는 것이다.
—김수영, 「시여, 침을 뱉어라」(1969. 4.)

"온몸으로"는 김수영의 열망이었다. 그러나 우리는 다음과
같은 그의 산문에서 그 한계선을 본다.

빨리 죽는 게 좋은데, 이렇게 살고 있다. 나이를 먹으면 주

접이 붙는다. 분별이란 것이 그것이다. 술을 먹을 때도 몸을 아끼며 먹는다. 이쯤 되면 거지나 되거나 농부가 되거나 죽거나 해야 할 텐데 그것을 못 한다.

아, 식은 말이다. 48세도 안 된 나이에 이미 열망은 식고 갈등은 뜨거워져 가고 있다. 김수영이 오늘까지 생존해 있다면, 이 가정법은 많은 호사가들에게 아직도 유효한 화폐이다.

현실 속에서 유통되고 교환되는 화폐처럼 문학의 사용가치를 주장한 이는 브레히트이다. 그에게 시는 읽는 물건이 아니다. 사용하는 물건이다. 독문학자 박찬일 시인에 의해 탁월하고 명료하게 분석된 브레히트의 '가치론'은 '사용론'이다. 실제 현실에서 사용할 것을 권고하고 있다. 이 '사용가치'로서의 시는 춥지도 않은 곳에서 추위를 말하거나 아예 추위 따위에는 관심이 없던 과거 우리 시들에 대한 충격으로 받아들여야 할 것이다.

　　뉴욕의 26번가와
　　브로드웨이가 만나는 모퉁이에
　　겨울철이면 저녁마다 한 남자가 서서
　　행인들에게서 동냥을 받아
　　모여드는 노숙자들에게 임시 숙소를 마련해 준다고 하
　는데.
　　그러한 방법으로 세상은 달라지지 않는다.
　　인간들 사이의 관계가 개선되지 않는다.

67

그러한 방법으로 착취의 시대가 단축되지 않는다.
　　　　　　　　　　　—박찬일 역, 「임시 숙소」(1931) 부분

　자선의 형식으로 세계는 달라지지 않는다는 것이다. 그럼에도 불구하고 얼마나 많은 시들이 자선이나 동정의 방법으로 세계를 감싸 왔던 것일까. 세상을 쓰다듬는 문학이 아니라 세상의 구조를 변혁시키는 문학, 그 결과 문학은 우리의 삶과 인간을 질적으로 변화, 강화시키는 것에 기여하는 데 그치지 않고 딛고 있는 땅 자체를 변화시켜야 한다는 것이다. 얼마나 많은 시들이 감성적 테두리에서 감성의 행위만을 확인 반복해 온 것인가. 삶을 반성케 하는 문학의 균질감(지루함)에서 벗어나, 삶을 새로 만들게 하고 사용할 것을 권장하는 문학. 1956년 베를린에서 심장마비로 타계한 베르톨트 브레히트는 국외로 내쫓김을 당해 15년 간(1936-1948)을 타국에서 떠돌이 망명 생활을 했다. 떠돌아다닌 나라만 해도 10개국이 넘는다. 그의 '사용가치론'은 시대의 장벽을 넘어뜨리는 소통으로써의 길 뚫기였다. 그것은 열려진 정신이면서 사람들 틈에 끼어 있는 활동하는 높은 정신이었다.

　시집이 앞으로는 다르게 인쇄되었으면 좋겠다. 작게, 주머니에도 넣고 다닐 수 있을 만큼.
　　　　　　　　　　　—브레히트, 「작업 일지」(1931) 부분

　나의 삶과 시를 말하라는 이 글에서 나는 무슨 말을 할 수 있을까. 시에 대한 시인에 대한 말을 너무 늘어놓았다. 시인은 땅(현실)이라는 거대한 암초에 부딪혀 좌초하는 존재라는 것이다. 땅에서 살지만 그 땅에서 익사하는 존재라는 것이다. 시인은 추위 때문에 내 안으로 쫓겨 들어와 있다. 나는 나를 먼저 깨우지 않으면 안 된다. 그러기 위해서는 내 안의 추위부터 내쫓지 않으면 안 된다.

들어오너라, 너! 겨울
내
삭풍을 후려치는 참나무 가지 들고
네 못된 사나운 힘 수구려 놓으리라.
—졸시, 「산정 묘지 22」

산정의 시학

지상(地上)에 비 내리고 산정(山頂)엔 눈 내린다.
눈은 어찌하여 지상까지 오기 꺼리는가.
산봉우리에 학처럼 깃들고 싶은
저 뜻 숨기기 위함인가.

—「산정 묘지 20」

동양 시인들의 상상력 속에서 찾아낸 '산정(山頂)'의 의미는 수평적 공간을 벗어나 수직적인 공간에서 올려다보는 높은 곳을 향하는 경험이다. 하늘을 지붕처럼 받든 산맥과 산맥이 치달아 간 드높고 광활한 하늘, 오랜 세월 암벽과 암벽 사이로 쌓아 올린 시간의 고요가 깃든 험준한 봉우리를 지상에서 올려다보는 경험은 삶의 물음에 대한 방향으로 틀을 잡을 때 경건하고 숭고한 정신적 표상으로 나타난다. 특히 산은 산수화에서 현실적 의미보다도 정신적 의미를 갖는 것으로 드러난다. 산수화에 인간은 언제나 자연의 한 부분으로 미세하게 그려진다. 표현의 주 대상은 기암절벽 위로 높이 솟은 산봉우리들이며 인간은 그 속에 아예 누락되어 있거나 낡은 모옥(茅屋)을 그려 넣음으로써 누군가가 기거하고 있다는 사실만을 암시한다. 은둔자의 누추한 움막집을 바위나 소나무 아래 배치해 놓은 산수화의 공간적 구성은 어떤 정신적 상태를 암시하기 위한 명상적 훈련에서 나온 것이라 할 수 있다. 인간은 언제나 눈에 잘 띠지 않는 존재로서 자연에 파묻혀 있거나 개미만 하게 그려진다. 산수화의 여백 역시 원근법과 대칭적 사고로 풍경의 파노라마를 연출하는 서구 조형 정신에서는 볼 수 없는 극소 지향의 정신의 소산이다. 화폭을 꽉 채우면서 직접 의미를 강조하는 것이 아니라 그리지 않고 비워 둠으로써 의미를 암시할 수 있다고 믿어 왔다. 여백의 미학은 인간보다는 자연이 중심이라는, 서구 조형 정신에서는 볼 수 없는 극소 지향의 사고를 담고 있다. 반면에 서양화는 인물이 중심이며 산수는 인물 뒤의 배경으로 그려진다. 자연에 인간의 감정을 이입함으로써 주관과 객관의 합일된 세계에 인간을 융화시키는 것이 동양의 조형 정신이라면 자연을 바라보는 인간의 주관이 주축이 되는 것이 서양의 정신이다. 소크라테스조차 '산이나 나무, 자연으로부터 나는 아무것도 배울 것을 느끼지도 알지도 못한다'라고 자연과 화해하지 못하는 정신을 고백하고 있다. 동양인들의 조화로운 삶의 이상향은 구름과 안개를 벗 삼은 산이다. 산은 세상과의 격절 공간이요 하늘의 숭고함이나 초월을 보다 근접하게 여길 수 있는 은유를 경험 안에 가능하게 해 주는 장소이기도 하다. 그곳은 지상 위에 솟아 있는 땅의 끝이 아니라 쳐다보아도 언제나 시작되는 처음의 장소인 것이다.

　높이 솟은 산이 인간에게 불러일으키는 심리 상태를 철학자 질베르 뒤랑(Gilbert Durand)은 『상상력의 인류학적 구조』에서 바슐라르의 말을 빌려 '왕자적 명상(la contemplation monarchique)'으로 설명하며 지배와 피지배의 체험으로 보고 있지만, 이와는 달리 동양에서는 세속의 번뇌를 벗어나려는 고행과 금욕의 삶으로 마음을 변화시키는 데 적합한 신성한 장소로서의 상징성을 가진다. 산은 지형적 특성상 분명히 지상이지만 지상일 수만은 없고 높이 솟은 산봉우리는 하늘도 아니면서 땅일 수도 없는 자리이다. 인간은 더 이상 올라갈 수 없다. 그곳은 끝이자 하늘이 열리는 접점 지대이다. 작자 이름이 알려지지 않은 다음 시를 보자.

山自無心碧　산은 무심히 푸르고
雲自無心白　구름은 무심히 희구나
其中一上人　홀로 오른 그 사람
亦是無心客　역시 무심한 나그네일 뿐

이 시는 깨달음을 담고 있다. 산이 푸른 이유는 산에 무슨 푸른 마음이 있어서 푸른 것이 아니며 구름에 무슨 흰 마음이 있어서 구름 색깔이 흰 것이 아니라는 것이다. 산과 구름은 본시부터 아무 뜻도 없이 푸르고 흴 뿐, 산에 홀로 오른 자 역시 무슨 곡절이 있을까 뜻을 만들어 붙이지 말라는 것이다. 사람이 가져다 붙인 한갓 속절없고 부질없는 의미의 덧없음을 꾸짖는 가르침이 들어 있다. 산은 인간의 필요에 따라서 만들어진 것도 아니고 인간과 관련하여서 의미가 부여되는 것은 더구나 아니다. 사물의 현상을 인간이 자신의 심리에 따라서 해석하려는 태도를 나무라는 것이다. 이 시에서 주목할 부분은 "무심(無心)"이란 말이 세 번 반복되어 있다는 점이다. 그것은 도의 경지에서 얻어진 열려진 마음을 뜻하고 있다. 실현해야 할 마음이 있지도 않거니와 따라야 할 마음이 있는 것도 아닌 크고 텅 빈 마음을 뜻하고 있다. 시는 도(道)도 아니고 철학도 아니다. 그러나 동양의 시에는 이러한 요소를 포함하면서 그 것을 넘어서는 소통으로써의 인간의 마음을 열어 주는 시들이 많다. 하지만 이런 유형의 시는 시인이 주는 것만 따라가는 닫힌 텍스트라서 의미 체계가 열린 시라고 할 수 없다. 독자는 시인이 터득한 도덕적 판단이나 깨달음을 그대로 이해만 하는 소비자로 전락하고 말 것이다. 하지만 나는 이 시에서 중요시 여기는 것이 시의 내용보다도 창작자가 이름을 남기지 않았다는 사실이다. 동서양을 막론하고 어느 시대나 시에서 창작자의 이름은 시와 함께 특권적 권위를 지닌다. 아니 그 이상일 것이다. 그러나 동양의 시인은 이름을 남기지 않고 텍스트만 남긴다. 이른바 '일명시(逸名詩)'이다. 나는 이름을 스스로 없애 버린 시인의 무욕(無慾), 무화(無化) 정신에서 극단까지 간 은자의 정신을 엿보고 있다. 진정 시인이란 어떤 존재인가.

독락당(獨樂堂) 대월루(對月樓)는
벼랑 꼭대기에 있지만
옛부터 그리로 오르는 길이 없다.
누굴까, 저 까마득한 벼랑 끝에 은거하며
내려오는 길을 부셔 버린 이.
　　　　　　　　　　　　　　　―「독락당」 전문

73

이 시는 저 질문에 대한 또 하나의 질문이다. 세속과의 연관을 끊어 버리고 까마득한 벼랑 끝에 살며 내려가는 길을 스스로 부셔 버린 삶은 오늘날 현실에서는 불가능해 보인다. 그 정신적 경지는 흠모하더라도 그 삶은 아주 위독해 보이고 가능케 할 시인은 아마 없을 것이다. 하지만 세상과 절연된 통화 이탈 지역에 자신을 가두어 놓고 존재적 곤경을 극복하려는 시인의 심리는 존중되어야 하지 않을까.

나는 1986년 37세 때 직장에서 건강 진단 결과, 특별 면담 대상자라는 의사의 통고를 받았다. 간에 절망적인 결절 현상이 보인다는 것이었다. 그때 나는 두 개의 길 중에서 하나를 선택해야만 했는데 하나는 의사의 권유대로 직장을 쉬고 산속에서 장기 요양 치료를 하는 것이고 다른 하나의 길은 죽는 길을 선택하는 것이었다. 견고하고 가깝게 나를 포위하고 있는 형용할 수 없는 심리적 암흑보다도 더 절망케 한 것은 고립감과 완전한 자기 소외감이었다. 시인에게 삶의 위기는 창조의 위기를 뜻한다고 볼 수 있다. 내가 선택한 길이 언제까지인지는 모르겠지만 남은 날들을 모두 시를 쓰는 데 바치고 죽겠다고 결심했다. 1986년 겨울부터 나는 집 뒤의 북한산을 오르며 모두 30편으로 끝나는 「산정 묘지」 연작시를 구상하기 시작했다. 새벽이 될 때까지 책상에 엎드려 시를 쓰고 있는 어느 날엔 시꺼먼 죽음이 등 뒤에 서 있는 듯한 환각에 놀라기도 했다. 나는 죽음과 대화하고 있었는데 그 통로는 프랑스의 기멜(Gimell)사가 신보로 내놓기 시작한 빅토리아(Victoria, 1548-1611) 레퀴엠이나 조스깽 드 프레(Josquin des Pres, 1440-1521)의 미사곡 같은 15-6세기 종교음악이었다. 중세 종교음악이 지닌 영성(靈性)은 인간을 존재적 곤경으로부터 구원해 준다. 청년 시절에 듣던 브루크너(Bruckner, 1824-1896), 구스타프 말러(Gustav Mahler, 1860-1911)의 심포니에 다시 심취해 본 것은 교향시 「대지의 노래」 때문이었다. 작곡자가 텍스트로 사용한 시가 왕유와 이백, 맹호연 등 동양 시인들의 시였기 때문이었다. 죽음이 마귀처럼 뛰어다니는 듯한 스크리아빈(Scriabin, 1871-1915)의 맨 마지막 작품에는 이런 말이 적혀 있던 것을 기억한다.

　—자신을 통해서 부활(Resurrection)하라.
　—만일 죽음이 필요하다면 죽은 후에 다시 태어나라.

　종교음악을 듣는 것에는 5년 동안 「산정 묘지」 연작시를 쓰는 데 바친 시간 못지않게 영적인 노력이 필요했다. 위에 소개한 시 「독락당」은 젊었을 때 간경화로 인해 두문불출하며 시에 몰입했던 고통스러운 내 집 거실이요 서재를 뜻한다. "대월루(對月樓)"는 죽음의 위기를 맞은 자의 위독한 마음속 벼랑 꼭대기에 있다. 한자 그대로 '홀로 즐거움을 누리는 집'이 아니라 '홀로 절망하던 침대'였고, '달을 맞이하는 누각'이 아니라 '죽음을 맞이하는 서재'였다. 그곳에서의 구원은 오직 음악이었다. 내가 추구했던 「산정 묘지」의 세계는 영성에 의탁한 신성성이었지만 쫓아오는 죽음을 후려치는 얼음과 칼과 도끼와 투구와 창과 절벽과 쇳덩이 같은 광물적 상상력을 동원하며 고

뇌에 찬 언어의 등정을 지속한 진눈깨비 같은 기록들이었다. 시를 끝내면 나는 산정 꼭대기에 시의 관(棺)을 올려놓을 생각이었다. 선 채로 죽어 있는 주검, 땅 위에서는 누울 수 없는 주검, 땅 위에서는 결코 쉴 수 없는 주검, 그래서 산꼭대기에 일으켜 세워 놓은 주검, 그것이 나의 시이다. (관은 열어 보지 마라, 그 안의 거품이 다치지 않게).

>   겨울 산을 오르면서 나는 본다.
>   가장 높은 것들은 추운 곳에서
>   얼음처럼 빛나고,
>   가장 높은 정신은
>   추운 곳에서 살아 움직이며
>   허옇게 얼어 터진 계곡과 계곡 사이
>   바위와 바위의 결빙을 노래한다.
>   ―「산정 묘지 1」부분

>   흙먼지 자욱한 바람 속에서
>   턱이 굳은 꽃들이 피고 있다.
>   아, 턱이 굳센 꽃들이 딛고 있는
>   땅덩어리 같은 힘, 그곳에서
>   고통이 나를 움트게 하고 나를 내딛게 한 것일까.
>   ―「산정 묘지 3」부분

산정이여,

내가 신록의 눈으로 찾아냈던 너의 첫 글자여.

거기서 나는 다시 태어나고 움트면서

너의 언어에 깃들고자 하였다.

　　　　　　　　　　　　　　　　—「산정 묘지 2」 부분

　내가 언어로 등반한 산정에는 비와 눈과 얼음과 폭풍과 친화하며 고산식물이 밀생해 있다. 지상으로는 결코 내려가 쉬지 않는 짐승들과 일찍이 율리시즈도 산 채로 사로잡지 못한 철인 같은 날개를 가진 새들도 있다.

　시인은 지상을 탈출하지 못하고 결국 지상에 묻히는 존재들이다. '나'라는 존재는 바람 속을 뛰어가는 촛불같이 언젠가는 꺼질 존재이다. 그 삶을 반성케 하는 문학, 시는 나를 그렇게 가르쳐 왔다. 시는 나 자신을 후려쳐 깨우는 지팡이여야 할 것이다.

밀림의 숲을 지붕처럼 밟고

사람의 발이 닿지 않은 정글은 산소 발생 지역이다. 끝도 없이 펼쳐진 광대한 열대우림이 광합성으로 발생시키는 엄청난 산소의 양은 지구의 공기 정화 역할을 한다. 지구의 허파인 셈이다.

몇 년 전 나는 최동호 교수와 단 둘이서 보르네오섬 북부 해안에 있는 브루나이 템부롱 정글을 다녀왔다. 지구상에 유일한 정글은 아마존강과 보르네오섬 지역 두 군데인데, 더 늙고 늦기 전에 동남아시아의 '싱싱한 허파' 속이라도 한번은 다녀오고 싶었다.

정글은 '전망이 기가 막힌 찜질방'이다. 35도를 오르내리는 무더위와 95%가 넘는 찐득찐득한 습도, 끊임없이 날아드는 독충을 막기 위해 온몸을 천으로 감은 채 썬크림을 허옇게 쳐 바른 얼굴은 영화 「미션」에 나오는 원주민의 분장한 모습 그대로이다.

밀림으로 가는 길도 만만치 않았다. 새벽 6시에 브루나이 수도 반다르 세리 베가완 수상 마을 선착장에서 리버 보트(수상 택시)를 타고 말레이시아 바다로 나가 국경을 넘고, 보이는 것이라곤 오직 해안의 맹그로브 홍수림과 니파 야자수뿐인 림방강 줄기를 1시간 정도 올라가면 '웰컴 투 템부롱'이란 이정표가 나오는 곳이 방가르 마을이다. 여기서 다시 16㎞나 되는 캄퐁 바탕두리까지 가서, 원주민 둘이 앞뒤에서 젓는 5인승 카누 테무아이를 타게 된다.

여기서부터 계곡 래프팅이 시작되는 것이다. 롱 보트라고 불리는 테무아이를 탈 때는 반드시 구명조끼를 착용해야 한다. 물살이 깊고 거센 템부롱강 계곡을 거슬러 올라가기 때문에 아무리 기슭으로만 조심스레 간다 하더라도 몇 번이고 배가 뒤집히는 간담 서늘한 위험을 겪곤 했다. 날다람쥐와 날아다니는 원숭이, 마치 앙리 루소의 기이한 회화에 나오는 듯한 회녹색 식물들의 주황빛 꽃들, 그리고 투구를 쓴 곤충들이 우리를 빤히 쳐다보고 있었다.

계곡 상류 쿠알라 벨라통에 내리면 밀림 속으로 7㎞ 가량 설치해 놓은 1,226개의 나무 계단이 있었다. 경사 45도의 이 가설 계단은 밀림 상층부 하늘로 걸어 오르는 천상의 계단 같았다. 1시간 내에 이 계단을 올라가야 된다는 가이드의 명령에 전신이 땀에 젖은 헝겊같이 늘어졌다. 1,226번째 계단이 끝나는 지점에는 새로운 모험이 기다렸다. 하늘로 50m 솟구쳐 오른 아슬아슬한 천상 구조물, 다섯 개의 방향으로 설치한 철제 캐노피(canopy work)를 공포의 사다리처럼 올라갔다. 이 캐노피를 '해탈의 문'이라고 부른다던가. 밀림의 숲을 지붕처럼 사뿐히 밟고 내려다보는 저 아래 끝없는 녹색의 장원. 나는 문득 창을 든 추장처럼 숲을 지배하고 있다는 생각이 들었다.

시수헌(詩叟軒) 일기

―경산의 글씨와 「열염지옥도」

1.

정진규(鄭鎭圭, 1939-2017) 시인에게 '경산(絅山)'이란 아호를 준 이가 김구용(金丘庸, 1922-2001) 시인이다.

> 오라는 예술원 회원 절레절레 흔들고
> 문 닫아 버린 성북구 동선동 구용(丘庸) 선생
> 한옥 대문 두드려 보면 숨을 것 같다
> 산 채로 썩어 간 고산(高山) 송이 같은 향
>
> ―졸시, 「동선동 송이」(『떠도는 몸들』)

경산, '끌어 쥘 경(絅)'에 '뫼 산(山)'. 경산의 글씨에는 무더운 여름날 빈 절간에 걸어 놓은 목탁을 본 것처럼 여백을 바짝 쥐어 놓는 힘이 있다. 정결한 고요를 불러일으키기도 한다. 그 고요함 속에 거처하는 투명성을 마음속으로 눌러앉힌 후 쥐어 놓으려는 엄숙성이 있다. 반면에 구용의 글씨는 스스로를 한없이 소거해 온 무욕, 금욕 그 자체이다. 깡마른 생략체(省略體)이다.

경산은 구용으로부터 글씨체를 이어받은 바 없으나 서체의 바탕을 이루는 마음의 뼈에 대해서는 같은 윤리적 접근을 꾀하며 정신화한다는 점에서 두 시인의 글씨는 서로 다르게 닮아 있다. 청빙과 강인을 추구하는 것이 구용의 서체라면 경산은 부드러움으로 감싸는 유(柔) 속에 강인함을 획으로 숨겨 놓고 있다. 나는 시인에게 있어서 서체란 무엇을 의미할까 떠올려 보고 있다.

서체란 곧 정신의 풍경화일 것이다. 실존에 대한 형태적 침묵이기도 할 것이다. 시인의 서체는 현실의 기존 서법이 보여 주는 답답한 틀에 대한 부정이다. '보이는' 글씨와 '보는' 글씨를 다시 제3의 아나키스트적인 눈으로 '보려는' 무정물의 공간이기도 할 것이다.

내가 말하고 싶은 경산의 서체는 먼저 묵(墨)을 받혀 주고 있는 한지의 과묵성과 몸과의 친화 관계이다. 서체에서 몸을 발견한 이가 경산이다. 텁텁하고 후덕하며 무덤덤하게 말없이 표정을 짓고 있는 한지의 과묵함. 이 과묵성을 한지의 정신으로 수용하는 동시 자기 몸으로 신체화하고 있다는 사실이다. 왕몽(王夢)의 시구를 한번 인용해 보자.

황학산 흰 구름 속에 누웠는데
사자(使者)가 세 번이나 부르러 와도 일어나지 않는다

간섭에도 꿈쩍 않고 있는 왕몽의 처신과 종이의 과묵성 사이에는 분명 내면의 도덕률을 더 중시하고 성정의 수양을 꾀하려는 경산의 몸이 숨겨져 있다. 한지의 성정이기도 한 과묵한 느낌을 그가 몸으로 서체화하고 있다. 체(體) 속에서 그는 자신의 몸을 몸 안으로 체화하려는 것이다.

종이란 무엇인가? 자신의 몸을 실으려는 그 무덤덤한 침묵은 무한의 무(無)와도 같다. 시작과 탄생을 앞에 두고 있는 절대적인 무. 눈과 얼음만 있던 빙하기가 아마 그와 같은 생생한 무의 울림을 소리 내고 있었을 것이다. 그의 글씨가 싱싱한 연유가 여기에 있다. 글씨를 쓰려는 것이 아니라 자기 몸이 되도록 생성되게 한다는 것. 그가 글씨를 써 가면서 자기 글씨에 위안받는 부분이다.

서양의 양지(아트지)에 중독되어 온 시선으로는 이러한 몸(身體性)을 볼 수가 없다. 종이의 정신을 제대로 볼 수가 없다. 한지는 동양 정신의 사고의 밑바탕을 형성하는 데 적잖이 기여해 왔다. 서양의 양지는 먹을 내뱉지만 한지는 흡수한다. 양지는 먹을 그대로 드러내지만 한지는 안으로 받아들인다. 이 수동적인 신체성이 서양 양지에는 없다. 한지 자체가 이미 내면성을 지니고 있는 것이다. 양지의 흰 빛깔이 흰색의 차가운 추상이라 한다면 한지의 흰색은 환한 부드러움으로 전화된 상백성(尚白性)을 지니고 있다. 마음의 품성을 느끼게 하는 한지의 이러한 신체성은 세월의 그을림이 어우러진 창호지를 투과하는 쇠약한 달빛의 광학(光學) 안에서 자연과 순응해 온 빈궁한 사대부의 품 넉넉한 겸양 정신과도 닿아 있다.

자기의 몸을 지키고 시를 지키려는 이 겸양 정신은 '간판 안 달고 시를 지키는 시 잡지사 목조 건물의 쇠약한 책상다리'처럼 세상의 하중을 받고 있는 이 시대에 이중섭의 황소 등허리 척추뼈처럼 강인하다. 그 강인함은 그가 '매달려 있음의 세상'을 그 쇠약성으로 버텨 내고 있기 때문이다. 그의 시와 서체가 강인한 이유이다.

수유리 84번 버스 종점 화계사 아래 한 동네에서 경산 선배와 살면서 그의 글씨를 가끔씩 훔쳐보아 온 것도 벌써 20여 년이 넘었다. 마음속으로 터득해 온 생묵(生墨) 같은 삶 덩어리를 헤쳐 나온 시의 감각으로 어우러진 그의 붓 길을 보면 이끼 낀 바위 틈새로 오랜 세월 흘러내려 온 냇물을 보는 것만큼이나 내 마음이 자연스러워진다. 마음의 근원을 헤아리며 자법(自法)으로 써 오고 큰 산 한 채를 벼루에다 갈며 자답(自答)으로 구한 자유로운 서체이다. 추사의 다음 말.

붓을 쥔 손목에 힘을 공급하는 팔목을 생각하라. 그 팔목에 균형을 주는 어깨와 양어깨에 균형을 잡아 주는 척추와 하체를 생각하라. 그러나 너의 온몸을 통어하는 것은 정신임을 명심하거라. 한 획은 곧 정신이 긋는 것이니라.

나는 그의 글씨를 몸(삶)이 실린 정신으로 인식하고 있다. 누구에게 보이기 위해 써 온 것이 아니어서 경산은 자유롭고 한가롭다. 무엇보다 글씨에 살이 찌지 않아서 좋다. 그는 자신의 글씨 속에 정신이 보이지 않으면 찢어 버린다. 글씨가 물건으로 보일 때도 찢어 버린다. 송곳으로 친 듯도 하고, 기름기와 살을 빼 버린 강골한 획이 여백으로 곧게 내려뜨려지거나, 광활한 가슴을 느끼게 하는 무덤덤한 후덕스러움, 이 모두가 세상 규범에 순복하려 하지 않는 경산의 서체 정신, 시정신이 노니는 '한가한' 자유로움이 아니고 무엇이랴.

2.

만일 어느 절대자가 지옥에 대해서 시를 쓰라고 하면 쓸 수 있을까. 상상 속에서 실험 감정만으로 쓸 수 있을까. 다음은 왕으로부터 지옥도를 그리라는 하명을 받은 당대 일급의 화가 이야기이다. 지옥을 가 보지 않은 그로서는 상상만으로 지옥을 그리기란 불가능한 일이었다. 그는 머리를 쥐어짜며 지옥의 감정을 흉내 내 보려 미친 척도 해 보고 거지 생활도 해 봤지만 허사였다. 점차 미쳐 가기 시작했다. 어느 날 그는 사람을 죽여 보려고 자기 제자들을 독사굴로 데리고 가 모두 빠뜨려 죽여 보기도 했다. 그 아비규환의 광경은 다소나마 지옥의 일부를 체험하는 실마리가 되었지만 더욱 실감나고 처절한 지옥의 모습을 보고 싶었다. 지옥에 관한 고민이 날로 더해 가던 어느 날 그는 왕에게 사람이 불에 타 죽는 화형 광경을 보여 주면 제작에 착수할 수 있을 것 같다고 청을 하였다. 그 광경만 본다면 지옥도를 그릴 수 있다는 자신이 있었다. 왕은 쾌히 승낙하여 화형의 날을 정해 주었다. 화형이 정해진 날 그는 왕과 대신들 틈에 앉아 기대와 흥분으로 화형당할 사람이 나타나기를 기다렸다. 잠시 후 장작더미에 기름이 부어지고 눈이 가려진 채 두 손이 뒤로 묶인 사람이 끌려 나왔다. 순간 화가의 전신은 피가 거꾸로 흐르는 듯한 놀라움에 경악하기 시작했다. 그것은 하나밖에 없는 자신의 외동딸이었다. 불이 붙여지고 그의 딸은 타오르는 장작더미 속에서 고통의 몸부림을 지르며 타 죽어 가고 있었다. 딸의 화형 장면을 보고 난 그는 곧 지옥도 제작에 들어갔고 수년 후 완성된 「열염지옥도(熱炎地獄

圖)는 불후의 명작으로 일본의 국보로 지정되어 지금까지 아낌을 받고 있다. 에밀레종 같은 이 이야기는 예술이 희생의 가치와 비교하여 얼마만한 가치가 있는지 상식적인 말을 들려준다. 그러나 내게는 딸의 화형 장면을 자세하나 흩뜨리지 않고 지켜보는 그 부릅뜬 정신이 보인다. 그 정신을 지키는 한 평온한 노년은 시인에게도 없음을 일깨워 주고 있다.

청빙의 가르침

 '청빙(聽氷)'이라는 옛말이 있습니다. 김달진 옹이 번역하신 『한산시』를 읽어 가다 보면 시 하단에 붙인 주석 속에 두 줄 정도 설명이 나와 있지요. '청빙'에는 추운 겨울밤 여우 한 마리가 언 강바닥을 두드려 가며 얼음 소리를 들어 보고 조심스레 강을 건너간다는 뜻이 담겨 있습니다. 이 의미 범위를 따라가 보면 지금 먼 곳에서 앞에 나타난 눈 덮인 광대한 강을 코앞에 두고 있는 존재인 우리의 지점을 가리키고 있어요. 눈 덮인 강은 추위로 위독하고 고독한 곳이지요. 건너려 하는 자는 여우의 앞발을 빌려 강바닥이 잘 얼어 있는가 두드려 보아야 합니다. 겉이 얼어 있다 해서 속까지 다 얼어 있는 것은 아닌 것. 단단하게 얼어 있는지 확인해 보아야 하기 때문입니다. 강바닥에 귀를 쫑긋이 붙이고 납작 엎드린 채 회색 코털을 바짝 대고 한 발씩 앞으로 딛는 여우가 두드리는 맑은 얼음 소리, 깨워 내는 소리, 불러내는 소리, 자기 손으로 두드려 보고 듣는 얼음 소리. 시란 이렇게 두드려 보는 행위입니다.
 우리가 쓰는 시는 대답 없는 상태에 대한 질문입니다. 대답 없는 상태에 대한 두드림이지요. 언 강은 대답이 없는 상태지만 그 강을 두드려 보아야만 우리가 긍정할 수 있는 길이 나옵니다. 부정해야만 하는 길도 나옵니다. 그 길은 우리가 만들어 가는 것입니다. 내가 어디쯤에 와 있고 어디로 가야 할지는 방향이 정해져 있지 않습니다. 두드려 보아야만, 갈 방향이 한 발치쯤 코앞에 보일 뿐입니다. 내가 어디로 걸어왔는지는 뒤를 돌아다보면 알 수 있습니다. 그러나 그 길조차 얼음이 무너져 녹아 있을지도 모릅니다. 몇 해 동안, 정말 오랜 몇 해 동안, 나의 시는 가지 않고 있었습니다. 두려움에 휩싸이는 순간 가지 않는 것도 고통이요, 더 가는 것도 고통이었지요. 두려움에서 깨어나는 순간이 더 무서웠습니다. 시는 두려움입니다. 그 두려움에게 다시 말 걸기입니다. 두렵게 말을 거는 형식입니다.

　나는 말 걸기가 무서워져 갑니다. 말은 내게 긍정이면서 부정이요, 질서이면서 가득한 혼돈이었습니다. 이 세계도 그러했습니다. 혼돈 속에서 긍정을 만들어 가는 자발적 질서가 있는가 하면, 질서 속에서 질서를 부정하는 자발적 혼돈도 있었습니다. 시는 이렇게 내 안의 소용돌이였습니다. 말 속에서도 혼돈과 질서는 서로를 거부하고 있으며, 혼돈이면서 질서인 말은 서로가 통합적인 일부일 뿐입니다. 여전히 질문을 죽이는 응답이 말이고, 응답을 죽이는 질문이 말입니다. 이 상호작용의 융합은 생성되는 무로 인해 상호 혼돈에 빠지고, 혼돈은 그 안에서 자발적으로 생성되는 질서 의지 때문에 또 혼돈에 빠집니다. 질서를 지향하는 말이 혼돈을 지향하는 말과 함께 태어납니다. 마치 쌍두아(雙頭兒)와 같이.

　시의 장소는 말의 질서가 봉인된 곳입니다. 그곳은 말의 혼돈이 같이 묻힌 곳이며 새롭게 질서가 얼음 소리처럼 들려오는 출발점입니다! 시는 청빙을 출발점으로 삼는 시인들의 의지입니다.

제2부

엎디어 통곡하는 가을비, 그 할복적 심상
―설악엔 이성선이 있었지만 치악엔 이경우 시인이 있었다

마음 먼저 낙향한 치악산 강림(江林) 땅에

오래전 은거한 운곡(耘谷) 처사 만나러

수레너미 넘어 태종대를 찾았건만

가을비 머리 풀고 일주일을 통곡한다.

마음만 먹으면 지척이라 별렀던 고개지만

어느새 붉게 머리 단장한 수레너미 바라보며

가을비 일주일을 엎디어 울어 댄다.

떨어진 낙엽이나 쓸어 모을 바람이라면

애당초 꾸지 말아야 할 시(詩)이었기에

행여,

나도 스승의 가르침 외면한 죄 있어

이리도 참 시 한 편 나를 거절하는가.

안 그래도 첩첩산중인데, 나는

꼼짝없이 빗속에 갇혀

내 속에 갇혀

노고소(老姑沼) 푸른 물에 잠겨 들었다.

●태종대: 치악산 강림에 있는 비각으로 태종이 스승인 운곡 원천석
  선생을 만나기 위해 머물다 간 곳.

　　　　　―이경우, 「가을비 머리 풀고 일주일을 통곡한다」

가을비는 단풍의 고운 색을 짓이긴다. 홍엽만산(紅葉滿山)에 붉은 잎을 떨어뜨리는 가을비, 떨어뜨려야 하는 그 냉락성(冷落性). 그 찬비. 찬비 맞은 붉은 잎은 첩첩산중에서 바람에 불려 시체처럼 쓸려 다닌다. 붉은 잎은 산길에서 머리를 산발한 채 곡을 한다.

「가을비 머리 풀고 일주일을 통곡한다」는 얼마 전 읽은, 오랫동안 내 눈길을 멈추게 한 이경우 시인의 시이다. 이 시가 지금까지 내 뇌리에 남아 있는 이유는 무엇일까. 이 시 속의 비의 비참함 때문이다. 그 심상에 내비치는 붉은빛 때문이었을까. 비에서 붉은 심상을 느낀 이가 몇이나 될까. 붉은 벼루에 갈고 또 가는 마음의 붉음.

연전에 불타 버린 구룡사 대웅전을 혼자 가 보았다. 옛 모습대로 다시 복원되었지만, 양복을 새로 맞추어 입힌 듯한 대웅전은 왠지 목을 졸라 오는 넥타이처럼, 이게 아닌데 하는 생각이 들었다. 복원한 그곳 단청에는 옛날부터 눌러살던 오래 묵은 단청 같은 치악산의 가을 단풍 색이 보이지 않았다. 시인이 단풍 같은 마음을 지닌 채 그곳을 지나쳤을까.

구룡사 대웅전 천정에는 치악산 단풍 빛깔 같은 것이 사라졌다. 참으로 참괴스러웠다. 그러던 차에 나는 이경우 시인의 '치악산에서 붉은 머리를 풀고 있는 가을비'의 이미지를 만나게 되었다.

붉게 물든 치악산 단풍 길의 웅혼함에 대한 추억과 일주일이나 지속되는 가을 장맛비, 그 봉두난발의 빗발의 처연함 사이에서 시적 화자가 원고지에 마치 엎디어 통곡하는 듯한 비극의 공간을 나는 이 시에서 감지할 수 있었다.

시인이 시 속에 이미 장치해 놓은 알레고리이지만, 이 비극적 웅혼함은 단순한 관념에서 발아한 것이 아니라, 운곡(耘谷) 원천석(元天錫, 1330-?)과 태종이란 인물 사이에서 비롯되고 있다. 그렇다면 나도 시인이 숨겨 놓은 '운곡과 태종의 코드'를 찾는 일이 필요하다. 시를 읽는 재미는 이런 데도 있다.

그 이름도 내게 생소한 원천석. 그는 누구이었을까. 운곡, 운곡, 그가 누구인가 하다가 몇 달이 지나 버렸다. 이곳저곳 자료를 뒤져 보았지만 내게는 운곡 원천석이 여말과 조선조 초기의 학자로, 젊은 시절 이색과 정도전 등과 교유하며 살았다는 전기적 사실보다, 치악산에서만 40여 년 간을 은거해 죽을 때까지 나오지 않았다는 조그마한 사실이 눈에 번쩍 띄었다. 또 하나 놀라운 사실이 있었다.

27세란 한창 팔팔한 나이에 전도양양한 삶을 분질러 버리고 홀연히 치악산으로 들어가 일생 동안 나오지 않았다는 그 무서운 단좌성(端坐性)과 요지부동성, 그리고 견기불보성(見機不步性)이 고려에서 조선으로 왕조가 넘어가는 격동기의 지식인의 자세에서 엿보였던 까닭이었다. 40년 간의 고독. 아니 50년도 훨씬 넘겼을 그 혼자만의 고독.

이경우 시인은 이 시에서 난세의 파고를 겪으면서 기회를 엿보지 않는 운곡 선생이 지닌 정신의 단좌성, 견기불보성을 마치 시인 또는 지식인의 전형으로 인식하고 있는 듯하다. 시의 문면으로 미루어 볼 때 이경우 시인, 다시 말해 시의 화자의 고향도 치악산임을 알 수 있다. 그의 마음도 이미 그곳으로 낙향해 있다. 그곳에서 시인은 근 600년 전에 먼저 고향인 치악산에 와서 은거한 운곡을 떠올리며 그의 행적을 찾아간다. 찾아가는 것이 아니라 어쩌면 배우러 가는 길이리라.

여기서 중요한 것은 엎드려서 배운다는 것이다. 시인이 본 것은 산길에 '엎디어 우는 가을비'이다. 그 가을비는 단풍처럼 붉게붉게 앞을 가로막고 있다. 그 붉음은 화자에게 비감을 안겨 주고 있다. 시인은 머리 끈 붉게 동여맨 수레너미 고개의 붉은 비의 참된 의미를 만나러 찾아가나, 길이 없는, 길이 막혀 있는 상황을 '엎디어 우는 가을비'로 절절히 표현하고 있다. 엎디어 일주일 간 통곡하는 가을 단풍 같은 비는 화자 스스로 참된 시 앞에서 자행하고 싶은 할복적(割腹的) 심상의 표현이리라.

이경우 시인에게 과연 운곡은 어떤 인간이었을까. 이 글을 쓰고 싶은 충동은 이 궁금증에서 비롯되었다. 몇 달 전 나는 박찬일 시인과 동행하여 이경우 시인이 낙향해 있던 치악산 학곡리 마을을 찾아간 적이 있었다. 봄인데도 구룡폭포는 얼음을 껴안고 있었다. 해가 일찍 숨고 어스름이 찾아드는 소나무 숲길. 궁궐 건축에 쓰이던 대들보들이 천연 보호송으로 지정되어 있는 산길을 오르다가 한기와 어스름에 쫓겨 도중에 발길을 되돌렸지만, 치악산은 봄날에도 추위를 내던지는 곳이었다. 하지만 홑겹을 걸쳤다 하더라도 그 산세는 숨 가쁘고 드높았다. 성깔이 있어 보이는 카랑카랑한 바위 벼랑은 독은(獨隱)하며 숨을 고르기에 안성맞춤이었다. 육신의 안온을 누려 온 자는 그 누려 옴 때문에 숨이 찰 것이다.

벼랑 끝은 우리에게 교훈을 준다. '끝'이라는 절망감 때문이다. 그 마지막 길 끄트머리에 눌어붙어 견딜 것인가, 밑으로 뛰어내릴 것인가. 운곡은 절벽 밑으로 뛰어내릴 수도 없고 붙어 있을 수도 없었던 삶을 가르쳐 준다.

　운곡은 26세에 과거에 합격했으나 고려 말 정계의 혼란상에 환멸을 느끼고, 27세의 젊은 나이에 치악산으로 은거해 나오지 않는다. 은거 이후의 그의 삶에 대한 기록은 남아 있지 않다. 전인적(全人的) 야인의 고집스런 기질을 엿볼 수 있다. 그가 남긴 1,144수의 한시가 전부이다.

　생전에 「운곡야사」를 남겼다 하나 조선 왕조의 성립 자체를 부정하는 글이어서 후사가 두려워 가족들이 멸실시켜 버렸다. 30대에 딸과 아들을 잃고, 43세에 상처하는 등 가정적으로 불행했으나 평생 독신을 고집한 것도 그 당시에는 드문 일이었다. 40대에 홀아비가 되자 그는 치악산 정상 변암(弁巖) 바위굴로 거처를 옮겼다. 57세 되던 해에는 치악산 변암 남쪽 험난한 봉우리에 띠집 '누졸재(陋拙齋)'를 짓고 살았다. 언제 작고했는지 몰년이 아직도 밝혀지지 않은 채 있다. 지금은 소실됐지만 누졸재가 있던 자리는 지형이 험해 사람도 내왕하기가 힘든 곳이다. 사람이 살기에도 부적당하고, 좁고 누추한 것이 마치 자신의 삶의 누졸함과 같다고 여겨 스스로 '누졸재'란 당호를 붙였다고 전한다. 그가 남긴 시를 보면 운곡은 자기 자신을 '한인(閑人)'이라 칭하고 있다. 그의 삶처럼 한인이란 나 스스로 나 자신을 가로막은 자라는 뜻이리라.

서리 내린 후 풀은 푸른빛 짙고

한 그루 푸른 전나무와 몇 그루 소나무뿐.

천년의 냉락한 그 지조를 어여삐 여기니

십 년 동안 늙어 가는 내 모습을 짝해 주네.

멀리 마을 터의 길고 짧은 피리 소리 듣고

가까이에서 이웃 절의 아침저녁 종소리 듣네.

이 사이에 띠집 짓고 살려 하니

한인(閑人)을 향해 찾아오는 길 알리지 마오.

사람을 피해 산중에서 홀로 살고 있는 운곡을 정도전이 찾아왔다는 기록도 전한다. 그때 주고받은 화답시를 보면 격동기를 사는 두 지식인의 풍모가 엿보인다.

동년(同年)인 원군이 원주에 숨었으니

다니는 길 험하고 산골도 깊어라.

멀리서 온 친구 말을 멈추니

겨울바람 쓸쓸하고 날은 저물었네.

그리던 나머지라 흔연히 웃고 나서

통술 앞에 다시 마음을 털어 내니

나는 노래 부르고 그대는 춤추네.

이 세상의 영욕을 이미 잊었네.

그대와 동방(同榜)한 지 몇몇 해인가

사귄 도리 새삼 깊다 얕다 할 것 없네.

제각기 일에 끌려 두 곳에 있지만

사람 만나면 상세히 안부를 물었는데

오늘의 뜻밖의 걸음 하늘이 시킴인가

마시고 또 웃고 세세히 얘기하네.

부디 그대는 돌아갈 길 재촉 마시라

우리의 이 뜻 자중하고 어렵게 여겨야 하리.

　세상 밖에 머물며 한인처럼 살았던 운곡은 치악산의 스님
들과는 왕래를 터놓았던 것으로 보인다. 다음 시는 스님들과
사사로운 인정을 주고받았음을 보여 주는 예로 스님들이 농
사지은 채소류를 보내오자 그에 대한 보시로 보답한 시이다.

지난날, 미나리를 계속 보내 주셨는데

오늘은 오이 따서 가난한 집에 보내셨네.

지난날엔 마디마디 푸른 실을 먹더니

오늘은 알알이 푸른 구슬 삼키게 되네.

번번이 마음 쓰시어 나의 갈증을 삭여 주셨는데

일평생 스님의 은혜에 보답할 방도가 없네.

오이를 먹고 나자 마음이 거울같이 맑아지니

가난한 난간에 걸터앉아 남산을 바라보네.

　　　　　—「유곡 굉 스님이 전에 미나리를 주셨는데,

　　이번에 다시 오이를 주시므로 시로써 이에 사례하며」

꽃이 지는 봄 난간에 보슬비 내리는데

병든 나그네 쓸쓸하여 홀로 사립문을 닫았네.
여악(廬岳)의 술 한 병이 외로움을 달래 주니
얼근해져 이 내 몸은 기심(機心)을 모두 잊어버렸네.
거센 바람 불더니 붉은 꽃 다 쓸어 버리고
가랑비 지나가자 고운 잎새 푸르러지네.
이 술에 의지해 모든 한을 가다듬었으나
봄을 아껴 새로운 시구 무심히 지어 보겠소.
　　─「빗속에 술을 보낸 영천사 당두 스님께 사례하며」

　이렇게 자연에 의탁한 채 쓸쓸하고 허적한 생을 살던 그도 인간이었기에 때로는 세상을 향한 자신의 외로움과 회한, 삶의 허망함을 읊으면서 걷잡을 수 없는 노년의 시간을 시를 씀으로써 달랠 수밖에 없었으리라. 운곡이 남긴 시의 절반이 57세 이후에 써졌다는 사실이 이를 말해 준다.

근심 많은 신세 온갖 생각 이는데
가을장마 그침 없이 띠집 처마에 뿌리네.
눈앞의 세상 일 해마다 변하고
흰 머리는 날마다 더해 가네.
번복하는 비구름 비웃으며
권력에 달라붙는 것에 무심하네.

*

변암의 산 빛 푸르고 푸른데
치악산 구름 빛 희고 또 희네.
구름은 절로 그대처럼 한가하나
산은 나의 바쁨을 비웃으리.

운곡은 일생 동안 치악산에 묻혀 산 인물이다. 그는 세속인
도 아니었고 탈속인도 아니었다. 그런 그는 자신을 '외인(外
人)'이라 자처했다. 세상에 나가는 길을 스스로 막아서고 바깥
에 있기를 고집한 어떤 집념 같은 것이 느껴진다. 그러던 그
에게 권력의 손길이 뻗혀 온 때는 72세가 되어서였다. 운곡
은 한때 치악산 강림면에 소재해 있던 각림사(覺林寺, 현 강
림우체국 자리)에서 이성계의 아들 이방원을 가르친 적이 있
었다. 각림사는 태조 이성계가 독서하던 곳으로도 유명한 곳
이다. 어린 이방원이 후에 태종이 되자 옛날의 스승을 모셔 가
고자 치악산을 찾아온 것은 1401년 운곡의 나이 72세 때였
다. 누졸재 모퉁이의 산밭에 오이를 심고 흙이나 뒤지던 이 노
인은 태종이 직접 행렬을 끌고 자신을 찾는다는 소식을 알고
서도 일부러 피하고 만나지 않았다. 그 후의 운곡의 행적은 알
려져 있지 않다.
　이경우 시인의 시 「가을비 머리 풀고 일주일을 통곡한다」는
이런 역사적 사실에 기초해서, 수레너미 고개를 향해 일주일
간 엎디어 우는 가을 장맛비 같던 방원의 심정을 시의 화자가
자신의 알레고리로 변용시킨 것일까? 아니다. 지난 늦봄이었
다. 우리가 치악산 학곡리 마을로 예고도 없이 그를 찾아갔을

때 그는 어리둥절한 손으로 우리를 맞았다. 사람의 손에는 표정이 있다. 그는 흙손으로 우리를 맞았던 것이다. 늦봄의 치악산 머리맡 응달가에는 잔설이 희끗희끗 보였다.

　설악엔 옛 시 친구 이성선이 살다 갔지만, 치악산에는 이경우 시인이 있었다. 치악에는 이경우 시인이 있다.

기억에 남는 한 권의 책
—막심 고리끼의『어린 시절』

　『어린 시절』은 고리끼의 대표적 자전소설(3부작) 가운데 첫 1부작에 해당하는 작품이다. 고리끼의 최종 학력은 고작 초등학교 3학년 중퇴이다. 그러던 그가 어떻게 소련 문학의 아버지가 되었을까. 고리끼라는 러시아 말에는 '고통스러운', '쓰라린'이라는 의미가 담겨 있다고 한다. 고리끼의 본명은 알렉세이 막시모비치 뻬쉬코프. 막심 고리끼라는 이름은 그 자신이 지어낸 필명이다. 그의 자전소설『어린 시절』『세상 속으로』『나의 대학 시절』을 읽게 된 것은 최동호 교수의 연구실을 들렀다가 우연히 서가에 꽂혀 있는 고리끼 신간을 발견하고 나서이다. 사실 나는 소설을 그리 많이 읽는 편은 아니지만, 나이 사십 줄에 소설책을 남에게서 빌려 밤을 새워 읽을 만큼 이 소설은 나를 매료시켰다. 고리끼의 어린 시절은 음습하고 젖은 바퀴벌레들이 서식하고 있는 습지 같은 암담함 그 자체였다. 그러나 그 속에서도 그의 책 읽기에 대한 열망은 끈질기기 짝이 없었다. 일찍이 아버지를 잃고 외할머니 손에서 참담한 가난을 겪으며 산 그는 학교 아이들이『로빈슨 크루소』를 읽고 토론하며 자랑하는 자리에 끼이지도 못 하고 소외되었다. 그러나 그는 자기도 그 책을 읽고 말하고 싶었기 때문에 그 책을 읽을 것을 결심하고 엄마의 돈에서 1루불을 훔친다. 사실 고리끼가 어릴 적부터 갖고 싶었던 책은『성서 이야기』이다. 그러나 막상『로

빈슨 크루소』를 들춰 보니 맘에 들지 않아, 『성서 이야기』 한 권을 사고 헌책방으로 가서 겉장이 너덜너덜해서 오히려 친근하게 느껴지는 『안델센 동화집』을 사, 다 읽지도 못 하고 집으로 돌아온다. 집안의 생활비를 훔쳐 책을 산 것이 들통나자 고리끼는 호되게 얻어맞는다.

"엄마는 뜨거운 냄비를 들어 올리는 도구로 나를 마구 때리고는 안델센의 책을 빼앗아 영원히 어디엔가 숨겨 버렸다. 나는 매를 맞는 것보다 이것이 더 가슴 아팠다."

고리끼는 초등학교도 못 마친 채 11세에 세상 속으로 나온다. 그는 점원 생활을 하면서 이웃에 책을 많이 가지고 있는 아저씨를 알게 되는데 밤늦게 고된 일이 끝나면 그 아저씨에게 책을 빌리러 간다. 고리끼의 독서열은 점차 주인의 비위를 거슬러서 급기야는 등잔불을 빼앗기는 사태로 치닫게 된다. 그 후부터 그는 밤마다 빌린 책을 들고 창 모퉁이로 가서 글씨를 달빛에 비춰 가며 책을 읽는다.

문인이라면 누구나 행복한 책 읽기 시절의 추억이 있기 마련이다. 고리끼의 자전소설을 읽어 가면서 나는 페이지 중간중간 책장을 덮고 한동안 눈을 감곤 했다. 나에게도 글쓰기를 열망하던 어린 시절의 한 편린이 떠오르곤 했기 때문이다.

내게는 군용 댄찌에 대한 추억이 있다. 요즘은 플래쉬, 전지라고 부르지만. 시 쓰는 것을 노여워하고 반대하던 부친은 내가 어디어디 대학 백일장에 나가 상을 타 가지고 오면 자랑스러워하는 것이 아니라 상장과 상품을 마당으로 내팽개치기 일쑤였다. 남대문에서 금은상을 하고 있던 부친이 늘 늦게 돌아오셨으므로 고교 시절 나는 방에서 시를 쓰고 있다가 부친의 인기척이 밖에서 들리면 재빨리 교과서를 펼치고 공부하는 시늉을 하곤 했는데, 한번은 모두 잠든 시간에 시를 쓰고 있는데 갑자기 방문을 열며 "불 못 꺼?" 하며 부친이 들어와 호된 야단을 맞은 적이 있었다. 내가 남대문시장에 가서 군용 댄찌를 산 것은 그날 이후이다. 12시 넘어 식구들이 모두 잠들면 방에 불을 끄고 이불 속으로 들어가 군용 댄찌를 켜고 댄찌 불빛 밑에서 시를 썼다. 들킬세라 맘 졸이던 16-17세 시절의 댄찌 불빛 속에서의 시 쓰기의 추억은 조금씩은 다르지만 어두운 1960-70년대를 살아온 우리 또래 문인들에게는 공통된 기억일 것이다.

고리끼의 장편 자전소설 『어린 시절』을 쉰 후반에 들어선 이 나이에 다시 꺼내 읽어 볼 마음은 생겨나지 않는다. 그러나 내게는 여전히 기억에 남는 책들 중의 한 권이다.

나의 진흥원 시절

　얼마 전 문예 진흥 기금이 정부의 기금 운영 평가에서 하위 평가를 받았다는 어처구니없는 소식을 들은 적이 있다. 한때는 최우수 상위권에 들었던 몇 안 되는 공공 기금으로 평가받았던 기금이었다. 그런데 불과 몇 년 사이 최하위로 추락하다니. 그때 내가 느낀 것은 이제 위원회로 독립한 후 아무도 진흥원을 도와주지 않는구나라는 생각이었다. 평가 기관이 바뀐 것도 아니다. 예전 그대로 기획예산처이다. 사업 규모나 내실 면에서 훨씬 더 양질의 사업을 벌여 왔는데 최하위 평가라니. 평가를 대단히 잘못한 것이 아닌가 하는 생각이 들었다. 비록 진흥원을 떠나온 몸이지만, 지금의 직원들과 자료 보따리를 싸안고 매일 기획예산처 문턱이 닳도록 드나들던 옛날의 추억이 되살아왔다. 그들에게 문예 진흥 사업의 성격을 한 줄이라도 더 이해시키려고 설명을 하고, 그들을 만나려고 몇 시간이고 복도를 서성거리며 간이 의자에 쭈그리고 앉아 기다리고 있었던 비굴했던 세월이 떠올랐다. 그렇게 살았다. 예산을 주무르는 주무 부처 사람들에게 구걸 반 설득 반 이해시키며 기금을 얻어 와서 문예 진흥 사업으로 풀어 왔다. 문화 예술 진흥 사업의 평가는 수치를 따지는 경제 파트의 공무원의 머리나 경제학자들의 두뇌로 측정될 수만은 없는 무형의 영역이 있다. 예술인들에게 투여하고 지원한 수치는 그 성과가 교량 공사처럼 가시적으로 금방 계량화되어 눈앞에 나타나는 것도 아니다.

문화부가 진흥원을 쥐락펴락하며 예산의 책임 감독 기관으로 있을 때보다도 더 나빠진 것이 아닌가 하는 우려감도 들었다. 옛날에는 문화부 직원들조차 기획예산처에 같이 와서 손은 안으로 굽듯이 진흥원 사업을 오히려 옹호하며 편을 들지 않았던가. 진흥원이 지금의 위원회로 전환되어 문화부의 감독권으로부터 벗어나 자율성을 얻은 득만큼 우군을 잃은 것이 아닌가 하는 생각도 들었다.

진흥원만큼 여론의 따가운 시각과 문화 예술계 내외부의 바람을 탄 기관도 드물 것이다. 한때 2백여 명이던 직원은 143명으로 줄었다가 다시 88명으로 줄어들고, 그 말 많던 과다 퇴직금 제도도 자발적 노사 합의로 뜯어고치고, 2년에 한 번 꼴로 조직 개편을 통해 조직을 정비하고 해마다 국정감사와 국회 소관 상임위의 수시 감사, 감사원 감사, 문화부 감사를 받으며 뿌리와 줄기를 잡아 가던 기관이 아닌가.

예술계로부터는 문화 권력 기관으로 매도되고, 지원 사업 심의의 공정성과 투명성 시비로 진흥원은 바람 잘 날이 없었다. 적립된 기금이나 사업 예산이 1백억 수준에 머물러 있던 1980년대 초의 진흥원은 눈에 띠지도 않았던 기관이었다. 그러던 진흥원의 기금이 정부의 정책적인 적립 정책에 힘입어 3천억, 4천억, 4천 5백억 원으로 불어나면서 문예 진흥 안 하는 문예진흥원이란 세간의 시각이나 기금 심의에 비쳐진 편파 심의와 불공정 심의, 겉핥기 심의라는 끊임없는 민원 제기, 지원

탈락자들의 불만과 분풀이성 투서들이 따라다녔다. 진흥원을 나와 밖에서 들어 보면 문예 진흥 기금은 주인 없는 돈, 굴러다니는 눈먼 뭉칫돈, 못 주워 먹으면 바보라는 말이 떠돌고 있었다. 이러한 외부의 악조건은 참여정부 들어서 위원회로 전환된 후에도 끊임없이 더 가중되고 있다. 문화 예술계를 위해 존재하는 공적 기관인 만큼 기금 사용의 공정성과 투명성을 알리고 기금을 조성해 준 국민에게 그 혜택을 되돌려주어야 한다는 막중한 책임을 직원들이 잊을 리 없다.

하지만 가끔 우문우답으로 문예진흥원이 있음으로 해서 이 나라의 문예 진흥은 양보다는 질적 측면에서 얼마나 진흥이 되었을까 스스로 되물어 본다. 스스로 답을 내릴 수 없다. 32년 간의 세월 속에 스며 있는 상처와 좌절까지도 역사와 함께 깊이 썩을 때 필수적인 거름이 되는 것이 아닐까. 그러나 만약 진흥원이란 기관이 애초부터 없었다면 하고 가정도 해 본다. 진흥원이 없었어도 작가는 글을 썼을 것이고 음악가는 연주를 했을 것이고 연극은 무대에 올려졌을 것이다.

1980년대 말이었던가. 대한민국문학상 수상자로 소설가 서정인 선생이 선정되었을 때였다. 수상 소식을 장거리전화로 알렸더니 수상을 거부한다는 것이다. 그 단호한 목소리와 완강한 거부 정신. 그 목소리에서 조선조 시대의 화가 최북을 이 시대에서 다시 보는 것 같았다. 진흥 기금을 신청해 놓고 막상 선정 통보를 받자 스스로 거부한 시인도 기억난다. 국민의 정부 시절 문인 생계비 보호 차원에서 1천만 원의 창작 지원금 지원 사업을 시행할 때였다. 지방의 한 젊은 시인의 편지가 진흥원 사업 부서로 날아왔다. 지원 대상 확정 통보를 받았는데 몇 날을 아무리 생각해도 이 돈을 받을 수 없다는 내용이었다. 이 돈을 받아서는 안 되겠다는 것. 자기가 자기를 위반하고 있는 것 같아 괴로워하다가 없었던 일로 해 달라는 것이었다.

언제부터 진흥 기금이 마치 예술가들의 구휼 기금처럼 인식되기 시작한 것일까. 그에 대한 책임은 나한테도 있다. 나는 1983년부터 2003년까지 진흥원의 간부로 재직했다. 입사 초부터 간부로 와서 최고참 선배로 떠난 라스트 스탠딩 맨이었다. 진흥원 역사 32년에서 내가 몸담았던 20년이란 세월. 어쩌면 나는 마지막 남아 있었던 진흥원 맨이었다. 참여정부가 들어서며 문예 진흥법 개정 작업이 시작되고 위원회 전환은 진흥원의 해산을 의미하는 것이었다. 나는 진흥원이 위원회로 전환되면 그만두겠다고 공언했고 미련 없이 이행했다. 2003년 12월 31일 종무식을 끝으로 나는 진흥원을 떠났다. 공인(公人)은 등장과 퇴장도 아름다워야 한다.

로댕과 시인 릴케

　20세기 시인 가운데 라이너 마리아 릴케만큼 유럽 시단을 떠돌며 시적 여정을 꾀한 시인은 없다. 그런 그가 어떻게 조각가 로댕을 만나 개인 비서로 일하게 되었을까.

　릴케는 1901년 러시아 여행 후 북부 독일 브레멘 근처의 예술가촌에 머물며 젊은 여류 조각가 클라라를 만나게 된다. 그들은 그해 결혼을 한다. 아내 클라라는 로댕의 제자였다. 그녀는 릴케를 로댕에게 소개시키는 주도적인 역할을 하게 되는데 그것은 한 출판사가 기획하고 있는 『로댕 전기』를 쓸 작가를 찾는 데서 비롯되었으며, 클라라는 출판사와 로댕을 연계시키는 교량 역할을 한 것이었다. 릴케가 파리에 처음 도착해 로댕의 아틀리에를 처음 방문했을 때를 아내에게 편지로 알렸다.

　"그분은 일을 그만두고 나한테 의자를 권했소. 우리는 이야기를 시작했지요. 선량해 보이고 부드러웠소. 생각보다 그분은 키가 컸지만 억세면서도 친절하고 고결한 사람이란 것을 알게 되었소."

　그리고 그 거장의 독특한 계시적인 말에 대해서는 이렇게 말했다.

　"그분은 계속 일을 하면서 내게 아틀리에 안의 모든 것을 구경하라고 했소. 당신이 말한 그 '손'이 있더군요. 그분은 이게 손이지요라고 말하면서 손을 억세게 움켜쥐고, 자! 이게 손이요, 흙을 움켜쥐고 있는 손이란 말이요라고 말하는 것이었소. 이게 창조지. 이게 창조야. 정말 그분은 희한하게 그 말을 했소. '크레아시앙(창조)'이라는 프랑스 어휘가 지닌 우아스러운 맛도, 창조라는 독일어가 가진 답답함도 그 음성 속에는 들어 있지 않았소. 그것은 모든 언어에서 자기를 해방시켜 자유가 된 말이었고, 이 세상에 홀로 존재하는 언어였소. 오, 크레아시앙!"

릴케는 러시아 여행 중 정교회에서 성화를 보게 되었는데 하느님이 손으로 묘사된 것을 보고 크게 넋을 놓고 있었던 적이 있었다. '손'은 힘을 나타낸다. '손'은 신체의 일부분이지만 종교적 의미에서는 은총을 전달하는 신성한 상징이다. 릴케는 '손'을 사물과의 접촉 속에서 은총을 '접수'하는 상징으로 보았다.

당시 62세의 로댕의 명성은 절정에 있었다. 처음에는 로댕의 위대함과 힘, 그리고 완숙한 태도에 주눅이 들었지만 차차 견디어 냈으며 3년이 지나서야 견디며 즐길 만큼 되었다고 술회했다. 릴케는 로댕에게서 그만큼 접근하기 어려운 위대함을 보았던 것이다.

"내게는 일하는 시간이 휴식 시간이라오."

로댕은 영감 따위에는 구애받지 않고 언제나 작업 중에 있었으며 오히려 작업 자체를 영감으로 보고 있었다. 릴케에게 로댕은 외부의 상황에 구애됨이 없이 오로지 작업을 위해 앞을 향해 나가는 영웅과도 같은 위대한 예술가상으로 비쳐졌다.

조각가와 시인의 창작 방식은 사뭇 다르다. 조각가는 작업에 들어가면 눈에 보이는 재료인 흙이나 대리석과 같은 질료를 눈으로 확인하지만, 시인에게는 언제나 백지 상태인 종이가 한 장 펼쳐져 있을 뿐이다. 그러기에 시인은 자신의 상상력의 발동에 의지할 수밖에 없으며 극도의 집중을 필요로 한다. 릴케는 로댕의 창작 방식에서 성찰을 이끌어 낸다. 이때부터 그는 조각에서 볼 수 있는 형상성을 언어로 구축하고, 언어에 조각과도 같은 조형성을 부여하고자 부단히 노력한다. 조각의 특성은 공간성에 있다. 반면 시는 시간적이다. 릴케가 이 위대한 스승으로부터 배운 것은 조각의 형상이라는 특성을 시에 나타내기 위해 뚜렷한 윤곽을 지닌 시각적인 세계로의 이행이었다.

"이 위대한 조각가는 문학작품에서 오는 영향력보다 훨씬 큰 것이었습니다. 내가 로댕을 만난 것은 행운이었습니다. 그분은 수도사와 같은 모습으로 작업을 하고 있었습니다."

로댕의 예술가적 태도에서 받은 인상을 릴케는 나름대로 자신의 작품과 삶에 반영해 보려고 노력한다. 릴케가 수도사의 형상을 예술가의 이미지로 연결시키게 된 것은 이태리의 피렌체에서 접한, 초기 르네상스 시대의 성화를 그린 화가들에 깊은 관심을 갖게 되면서부터이다. 르네상스의 예술가들이 수도사 옷차림으로 무릎을 꿇은 채 성화를 그린다는 점에 착안한 릴케는 시인이야말로 수도사 같은 정신으로 무릎을 꿇는 겸손하고도 경건한 자세가 필요하다는 것을 알게 된다. 결국 걸인과도 같이 다 떨어진 수도사 복장으로 그림을 그리는 수도사들의 경건한 태도는 시인으로서의 릴케에게 커다란 감명을 준다. 그에게 중요한 것은 조각가나 시인이나 서로 다른 작업을 하고 있지만 모두 똑같이 본질에 대한 그리움을 뜨겁게 지니고 있는 자들이라는 사실이다. 그러나 시인이나 조각가는 수도사와는 달리 종교적 신을 위해 봉사하는 것이 아니라 예술가로서 그만이 접하는 고유한 신에 봉사하는 자이다. 릴케는 예술가란 수도사라는 형상 속으로 완전히 침잠해야만 한다고 생각한다. 원래 수도사 생활은 오로지 엄격한 신앙생활에 바쳐져야 하고 조용하고도 고립된 삶의 표상과 연결된다. 이러한 통상적인 수도사의 의미를 릴케는 예술가에게도 적용했다. 릴케는 고행과 고독을 중요시했다. 그는 예술가로서 자신의 입장을 다음과 같이 표현했다.

　　나의 삶이 수도원의 집단과 격리 속에 사는 수도사의 삶이야 아니겠지만, 내 스스로 점점 하나의 수도원으로 커 나가, 벽으로 둘러싸인 채 이 세상 한가운데 그렇게 서 있을 모습을 틀림없이 보게 될 것입니다.

이 편지에서 보듯 릴케는 자신을 사회관계로부터 차단 격리시킴으로써 진정한 예술의 구현이 가능하다고 생각하고 있었다. 스스로 자신이 수도원처럼 커 간다는 것은 예술가로서의 고독의 중요성을 말한 것이라고 할 수 있다. 그는 더 나아가 모든 것을 등지고 토굴 속으로 내려가 사는 성자들에게서 깊은 감명을 받는다. 밀폐된 수도원의 골방마저도 시끄러워 아예 땅속으로 파고 들어가 몸을 숨기는 성자들에게서 릴케는 종교적 삶뿐만 아니라 예술적 삶의 근본적인 고독의 가치를 발견한다. 그는 늘 이러한 기본 정신에 의거하여 "나는 이 세상에서 완전히 혼자입니다. 그래도 내겐 고독이 부족합니다"라고 생각했다.

그 이듬해 로댕으로부터 파리로 와 달라는 초청장이 날아왔다. 초청에 기꺼이 응한 릴케는 기쁜 마음으로 파리로 다시 돌아오게 된다. 부업처럼 생각하고 편지 쓰는 업무를 맡아 달라는 초청장이었다. 로댕의 개인 비서라고 할 수 있는 그의 직업은 거의 8개월 간은 제대로 유지되어 나갔다. 릴케는 로댕으로부터 거의 무보수라 할 2백 프랑의 월급을 받았다. 그러나 원래 하루 2시간 정도의 근무 조건이었던 이들의 관계는 온종일 걸리는 수가 많아져 릴케는 자유로운 자신의 시간을 억압받기 시작하였다. 마침 로댕은 와병 중이어서 릴케는 노구의 스승과 헤어져 나올 수가 없었다. 그러다가 심한 말다툼 끝에 그들 사이에 금이 가기 시작하고 급기야는 헤어지게 된다.

릴케의 「로댕론」은 1903년 3월 출간되었으며 1907년 3판부터는 릴케가 드레스덴과 프라하에서 행한 '로댕 강연'이 덧붙여졌다. 릴케는 「로댕론」의 첫 문장을 예술가의 고독에 대한 이야기로 시작하고 있다. "로댕은 유명해지기 전에는 고독했다. 그리고 마침내 찾아온 명성은 그를 더욱 고독하게 만들었다."

이 말 속에는 릴케가 그렇게 강조하고 싶고 또 그렇게 살고 싶어 했던 고독한 존재로서의 예술가상이 담겨 있다. 마치 자기 자신에 대해 자기가 말하는 듯!

마음의 내재율, 영혼과 화해하는 마음의 이슬

 오스트리아 빈에 도착해 매일 비 오는 호텔 창가에 며칠 동안 발이 묶여 있었다. 우기 중인 비엔나 숲을 돌아다니며, 도이치 그라모폰에서 재발매한 전설적인 명반, 슈베르트의 「아르페지오네」 소나타 1악장 알레그로 모데라토의 음률을 머릿속에서 떠올리며 밤이면 홀로 빗속을 걸어 호텔로 왔다. 빗속 여정이 말이 아니다. 눈만 뜨면 또 비, 비.

 하루 종일 내리는 비처럼 첼로라는 악기는 자신의 소리를 땅에다 적어 놓는다. 자신의 신체를 현처럼 퉁기는 비. 여행하는 시인에게 가장 값진 이국의 선물은 밤의 불면증이리라. 창밖에서 불 꺼진 거리를 내다보면 인적 없는 거리.

 예술가들 중에는 대중에게 행복하게 사랑을 받으며 살다 간 이가 있는가 하면 평생 인정받지 못하고 스러져 간, 천재들이 적지 않다. 슈베르트가 그랬다. 그는 살아생전 풋내기로 버림받았던 무명 음악가였다. 서른한 살의 짧은 나이로 세상을 뜬 무명 슈베르트는 괴테의 시를 가곡으로 만들어 괴테에게 헌정했지만 그 악보는 슈베르트에게 도로 반송되었다. 슈베르트는 평생 베토벤에 대한 깊은 존경심을 갖고 살았다. 그러나 당대의 악성 베토벤은 그를 한 번도 만나 주지 않았다. 그가 베토벤을 찾아갔을 때 그는 매번 거절당했다. 괴테와 베토벤은 슈베르트를 풋내기로 취급했을 뿐 그의 천재성을 알아보지 못한 대가들이었다.

　나는 이 세상에는 두 명의 슈베르트가 있다고 생각한다. 한 명의 슈베르트는 살아생전 절망하며 불행했던 슈베르트이고, 다른 한 명의 슈베르트는 사후 만인의 찬사와 명성을 부여받은 슈베르트이다. 오스트리아 빈 외곽에 위치한 중앙 묘역에 묻힌 슈베르트의 무덤을 찾아갔었다. 내가 그의 무덤에 내려놓는 마음 몇 송이로 나는 더 쓸쓸하고 또 숙연해졌다.

　2만 ㎢에 달하는 중앙 묘지 특별 명예 구역에는 빈 시민들의 경애의 상징으로 세워진 모차르트 동상이 있고, 그 뒤 흑송(黑松)이 즐비한 숲에는 베토벤과 슈베르트의 무덤이 나란히 있었다. 슈베르트는 평생 자기를 알아주지 않았던 베토벤의 묘지 옆에 나란히 누워 있었다. 그가 그렇게 존경했던 베토벤 옆에. 누군가 벌써 다녀갔는지 슈베르트의 묘 앞에는 장미와 백합 다발이 놓여 있었다. 갓 따 온 듯 꽃잎엔 눈물이 맺혀 있었다.

　　아무 일도 아니고 아무 일도 아닌데
　　당신을 들여다보면 왜 이렇게 고요해지는가요.
　　왜 이렇게 공손해지는가요.

　　내 마음이 품고 있는 양(羊)을
　　잠재우려는 조용한 힘
　　내가 내 스스로 공손해지려는 힘
　　나는 지금 두 손을 마주 모으며

고요한 시간 속으로 깃들고 있습니다.

당신은 들으시는지요.
이렇게 조용한 시간 속에서
내 마음이 바스락대는 소리를

마음의 손바닥으로
백합을 받쳐 들고
고요한 나라 가슴에 임할 때까지
향기의 나라 가슴에 임할 때까지
기다리면서 나는 바스락대고 있습니다.
알고 계신지요.

어느 고독한 시간의 품속에서 마련한 보석 목걸이를 품고
나는 지금 당신 앞으로 한 발 다가서고 있습니다.
풀잎에 스미는 은 스푼 소리같이
촉촉이 어린 미명(未明)의 빛살같이
나의 눈과 귀는 깨어 있습니다.

비 맞은 나무들이 자정(子正)을 넘어
사방에 보석 같은 향기를 뿌릴 즈음
석조 계단을 오르며
정적(靜寂)이란 숨 막히는 고요인 것을
내 마음은 정적 속에서 잘 견디지 못하는 것을

당신은 늘 꾸짖으시며 타일러 주십니다.

나는 압니다.
내 마음이 소란스럽다는 것을
어느 날 갑자기 눈떠진 가슴 때문에
나는 다시는 순수해질 수 없다는 것을

울고 싶습니다.
당신 앞에서 이 열려진 가슴을 지우며
당신의 영혼 속으로 스며들고 싶습니다.

그러나 내 마음이 아직도 소란스럽다고
당신은 타이르시며 근엄한 표정이십니다.
바위에 가슴을 대고 울면
어깨 위로 찾아오는 묵직한 중량감을
서서히 자리 잡혀 오는 안정감을
그러나 당신은 늘 입 다물고 침묵하십니다.

내 영혼은 당신의 두 팔 안에
속해 있고 싶습니다.
그리고 당신의 시간 속으로 내려가
모든 것이 정지된 정적 속에서
다시 한 번 불타오르고 싶습니다.

　　　　　　　　　　　　　　　　　　　—「화해」

시와 언어
—『미주문학』계간평

1.

　인간 중에서도 유독 시인만이 두 종류의 언어를 사용하고 있습니다. 하나는 보통 사람들과 똑같이 일상생활에서 타인과의 의사소통을 목적으로 하는 '말하기 위한 언어'이고, 다른 하나는 '사고를 위한 언어'를 사용하고 있다는 것입니다. 셰익스피어는 장미를 보다가, "꼭 장미라고 불러야 정말 달콤한 느낌을 줄까?"라는 말을 남겼습니다. 영국인들은 장미를 왜 '장미(rose)'라고 불렀을까, 만약 '붉은 돌멩이'라고 불렀다면 달콤한 향기는 떠오르지 않을 겁니다. 왜 우리는 백합을 '백합'이라 부를까요. 우리 눈앞에 식물의 줄기가 피워 낸 '하얀 꽃잎으로 모여진 형상'이 있는데 색깔이 곱고 아주 깨끗해 보입니다. 우리는 저것을 꼭 '백합'이라고 명명해야 할까요? '백합'이라고 불러 줘야 저 흰 꽃이 고결하고 순결한 느낌을 줄까요? 사랑의 고결함과 희생의 순결성. 사물에 우리는 이런 관념을 덧씌워 놓고 있습니다. '백합(白合)'은 흰 꽃잎이 몇 겹씩 모여 있는 조그마한 자연의 건축물일 뿐입니다. 그걸 사람이 보고 의미를 붙여 순결이라는 상상의 이미지를 우리 뇌 속에 주입시킨 겁니다. 시인들은 장미나 백합을 보며 왜 저 식물이 장미이며 백합이라는 언어를 부여받았는지 의심을 먼저 해 볼 필요가 있습니다. 인간이 명명한 의미에 근본적인 의문을 가져 보아야 한다는 것이지요. 더 나은 다른 이름이 붙여질 수도 있었지 않느냐 하는 거지요. 시인이 지닌 언어에 대한 감각은 이런 데서 싹트기 시작합니다. 그저 '붉고 붉은 물질' '희고 깨끗해 보이는 물질'로 일단 장미나 백합을 바라보며 생각하며 더 나은 이름으로 그것들을 불러내 해방시켜 주어야 한다는 겁니다. 저 꽃들이 다른 말로 자기를 새롭게 불러 줄 것을 기다리고 있다고 생각해 보지 않으셨습니까? 꽃들은 시인에게 늘 더 예쁜 이름으로 불리기를 고대하고 있습니다. 새롭게 불리길 기다리고 있다는 겁니다.

장미나 백합이라는 '언어'는, 그러한 언어가 없었던 종족들에게 어떤 영향을 줄까요? 외국인 선교사가 맨 처음 이 꽃들의 종자를 우리나라로 들여와 개화시켰을 때 꽃구경하러 온 한국인의 눈에는 어떻게 비쳤을까요. 아름답고 화사하고 희귀한 서양 꽃으로 보였을 겁니다. 그들이 장미라는 이름을 가르쳐 주었을 때 우리는 '아, 이게 장미꽃이구나' 하고 받아들였지요. 그렇게 불러 주기 전까지 이 꽃은 그저 서양 꽃 중에 하나였을 뿐입니다.

언어는 문명의 한 발전입니다. 편의성을 전제로 한 서로 간의 기호입니다. 언어는 인간들끼리 소통하는 사회적 약속의 도구입니다. 언어는 우리가 서로 편리하고자 만든 관념이지요. 그러나 그것도 한 지역, 한 나라에서만이란 한정적, 제한적 약속일 뿐입니다. 우리가 외국인들 앞에서 한국어로 달맞이꽃, 패랭이꽃, 산나리꽃이라고 발음해 보았자 미국인, 프랑스인, 스페인 언어권 사람들은 그게 무슨 꽃인지 모릅니다. 그래서 언어는 어쩔 수 없이 제한된 영역에 모여 있는 소수 민족의 생각을 나타냅니다. 우리말에 '오늘 하루도 죽을 쑤고 말았구만'이란 말을 한국말 공부 좀 했다는 프랑스 교수가 '스프를 쑤고 말았다'는 식으로 번역을 해 웃은 적이 있습니다만, 언어는 그만큼 소수적인 범위에서만 이해되는 숙명을 지니고 있습니다. 아직도 아마존의 어떤 종족에게는 언어가 없다고 합니다. 언어가 없이도 지구상의 인간 종족이 열대우림 숲 속에서도 잘 생활하고 번식해 온 사실로 미루어 보면 그렇습니다. 아프리카의 어느 종족에게는 아직까지 수 개념이 없다고 합니다. 그들에게는 숲 속에 만발한 꽃이나 뛰어다니는 야생동물이 그저 '많다'는 느낌만 전달받을 뿐 그 많은 숫자를 헤아리는 언어, 지배하는 수 언어는 없습니다. 그들이야말로 어찌보면 관념화되지 않은 원시사회의 행복한 시인들이라고 할 수 있을지 모르겠습니다. 그들은 문명화된 사회에 살고 있는 우리처럼 인간의 생각을 지배하고 한정시키는 고정관념이 없습니다. 책이나 지식, 삶의 고통과 절망에 의해 지배당하는 우리 문명인들처럼 머리가 복잡하지도 않습니다. 나는 가끔 인간의 조상이 두 발로 걸어 다니며 야생 밀을 재배하며 짐승을 사냥하던 1백만 년 전을 생각해 보기도 합니다. 빙하기를 세 번이나 겪은 인간과 짐승을 거슬러 올라가 만나 보고 싶기도 합니다. 그들이야말로 오염되지 않은 지구 최초의 시인들이 아니었을까 하고.

저 백곰 잠이 드네 지나는 오소리들 바스락거리는 소리

못 본 척 밀어 두고 머리를 땅에 누이더니 달빛 받아 낭창하
게 밝아 오는 첫 겨울의 동굴로 스며드네 어디선가 제 심장
매질하는 바람 소리 가여워라 북풍의 옷자락에 매어 달리는
마른 나뭇가지들 먼 별에서 오는 신호음처럼 덧없이 퍼져
나가고 졸음에 겨운 백곰 훈훈한 몸에 혼을 묻고 푸근한 엉
덩이에 계략을 묻고 싱싱한 머리카락에 욕망을 묻고 새하얀
짐승의 눈까풀을 철컥,

　내리니,
　북극의 긴 겨울이 깊어 가네 게으른 추억의 마을에 눈꽃
송이 하나둘 내리기 시작하고 한때 사랑했던 사람들 문득 돌
이켜 보네 떠나간 사람 미워했던 사람 미련 없이 용서하기
시작하네 환하게 잠드는 다사다난한 고요. 해결이 없어도 좋
다는 한갓진 결말, 가슴에 품었던 사슴이며 새이며 물고기들
원한처럼 식욕처럼 색욕처럼 홀연히 사라지니 무방비의 저
큰 산 등줄이 그윽하네.
　　　　　　　　　　　—임혜신, 「465호실의 창」 부분

　시인은 졸음에 겨운 백곰 한 마리가 무거운 잠의 눈꺼풀을
내리며 겨울잠에 드는 과정을 지켜보며 깊어 가는 북극의 겨
울밤으로까지 대륙적 상상력의 넓이를 확대시키고 있습니다.
나는 이 시에서 먼먼 빙하기 시대 하늘에서 펑펑 쏟아지는, 한
없이 환한 잠의 고요를 듣습니다. 적어도 이 시에는 그 시원의
잠에 귀 기울이는 시인의 깨어 있는 귀가 은밀하게 열려 있습

니다. 오소리들이 나뭇잎을 바스락대며 동굴 주변을 지나가는 고요한 소리와 바람 소리와 먼 별에서 오는 신호음들은 이 우주를 고요하게 잠들게 하는 요소이지만, 시인을 잠 못 들게 하는 것은 북극의 긴 겨울 추억의 마을로 내리는 포근한 눈꽃송이가 만드는 고요 때문입니다. 시인은 그 고요 속에서 잠을 엿보고 있습니다. 릴케가 말했던가요.

> 장미여, 오 순수한 모순이여,
>
> 그리도 많은 눈까풀 아래
>
> 누구의 것도 아닌 잠이 고픈 마음이여.
>
> ─릴케, 「묘비명」

릴케는 잠을 "순수한 모순"이라 말했지만 임혜신 시인은 잠을 생의 "다사다난한 고요"라고 표현하고 있습니다. 그만큼 그가 귀 기울이는 고요는 삶의 고독과 연민을 회억하게 만들지만 다시금 모든 것을 용납하는 크고 넓은 품이 되고 있습니다. 시인이 이 시에서 "용서"라는 말을 사용한 것은 용납이란 말보다도 더 큰 가슴이 만들어 낸 말일 것입니다.

이 시가 나를 감동시킨 것은 "용서"라는 말 때문입니다. "용서"라는 말은 인간 세상에서 가장 외로운 언어입니다. 왜냐하면 모계사회의 따뜻한 언어이기 때문이지요. 모든 어머니의 가장 외로우며 드넓은 언어이면서 동시에 삶과 화해하는 마음으로부터 더 나아가 껴안고 받아 주는 고귀한 모성의 언어이기 때문입니다.

언어는 어쩔 수 없이 내가 쓰려는 시의 생각을 지배합니다. 그러나 내 생각을 표현하기 위해서는 지금의 언어로는 도저히 표현이 안 된다는 생각을 하게 되는 수가 있습니다. 그래서 시인은 새 언어를 창조하게 되지요.

> 그대 곁에 한바탕 눈먼 혹한을 지피려니
> 피어나네, 내 붉은 첫 생의 도화
>
> — 임혜신, 「465호실의 창」 부분

누가 추위와 혹한을 불처럼 활활 지핀다는 이런 상상을 할 수 있을까요. 그 활활 타오르는 얼음 불꽃 속에서 피어나는 도화꽃을 찾아내는군요. 나는 이 도화꽃이야말로 모든 언어에서 자기를 해방시켜 자유가 된 말이며, 이 세상에 홀로 존재하는, 새로이 창조된 언어라고 생각합니다.

2.

> 화학 첨가물로 뭉친 육가공 제품
> 소뼈도 깎아 넣은 잡육
> 곰팡이와 싸우겠다고 들어앉은 방부제
> 혀를 즐겁게 하려는 화학조미료
> 코를 섬기려는 향료의 투신
>
> 씹을 때 보드랍고

원활한 기계 작동을 위해
한몫 끼어든 유화제
아름답게 보이려고
뒤집어쓴 색소

산화방지제와 합궁 탄생한
미트볼, 햄버거, 소시지
한자리 톡톡히 잡은 첨가 포장물의 기름때
진공 팩에 들어간 가열 살균

이만하면 오염 측면에서도
높이 평가되나니,
주머니 헐렁한 주부들 향해
돌진하는 쓰레기들

　　　　　　　　　　　　—박복수, 「쓰레기들의 돌진」

　식품 환경은 우리에게 당면한 삶의 문제이면서 미래의 심각한 문제이기도 하고, 우리 후손에게 넘겨줄 삶의 문제로 바짝 다가와 있습니다. 언제부터 우리의 식품에 화학물질이 첨가되기 시작했을까요. 바나나와 레몬 맛을 내는 음료들엔 모두 인공 감미제가 조금씩 다 들어 있습니다. 식품에 여러 가지 맛을 내는 화학물질을 첨가하는데 이것을 식품첨가물이라고 부릅니다. 스포츠 건강 음료들이 여러 가지 색깔을 띠고 우리 눈을 끌고 있는데 합성 착색료가 첨가되어 있어요. 어묵 식품엔 특별히 무방부제 사용이란 표시가 안 되어 있다면 방부제가 들어 있어요. 과자에도 감미료, 화학조미료, 팽창제, 탈색제 외에 봉지에서는 환경호르몬이 발생하고 있습니다. 빵과 라면과 자장면의 원료는 수입 밀이기 때문에 바다에서 건너오려면 방부제 처리를 위해 장기간 저장 목적으로 살균제인 구아자닌, 디페노코나졸, 카벤다짐 등이 쓰입니다. 햄, 소시지에는 분홍 빛깔을 띠게 하는 발색제가 들어 있지요. 아질산나트륨이란 첨가물이 분홍빛을 나게 합니다. 마요네즈엔 산화방지제, 사탕엔 색소가 첨가되어 있습니다. 아이스크림에는 유화제와 안정제, 알레르기의 원인이라 추정되는 인공 감미료, 착색제가 들어 있어 바나나 맛, 딸기 맛을 내지요. 이제까지 이런 사실을 모르고 먹었어도 우린 건강하게 별 탈 없이 지내 왔다고 할지 모릅니다. 지구촌 사람이 마셔 보지 않은 사람이 없다는 콜라엔 카페인이 들어 있습니다. 콜라를 매일 마시면 충치, 소화불량, 두통, 두근거림, 불면증 증상이 올 수도 있습니다. 미국 치과 의사 협의회는 콜라를 공립학교에서 판매하는 것을 금지해 달라고 건의하기도 했습니다. 여름철 청량음료인 파인 주스, 애플 주스, 오렌지 주스, 복숭아 살구 포도 주스에는 인공적인 맛을 내는 화학 첨가물이 들어 있습니다. 물론 세계 각국이 허용하고 있는 식품첨가물로 화학 합성물만 수백여 종에 달하고 있고 엄격한 검사를 거쳐 허용 기준치를 넘지 않은 식품들이 시중에 나와 있지만, 화학 첨가물을 먹고 있다는 사실을 알고는 있어야 하겠지요. 박복수 시인의 시가 이런 식품 환경에 사회적 경고를 보내고 있습니다. 특이한 주제를 소재로 한 이런 시를 보기란 국내에서도 드문 일입니다.

> 비 갠 후
> 아침 햇살에 구름이 분홍이다
>
> 침대 이불로 쓰면 아직 꿈은 따뜻해질까
>
> 그사이
> 크림이 된 구름
> 누가 한입 먹었네
>
> ―김영수, 「따뜻한 구름」

  자연 친화적 상상력의 관점에서 보면 이 시는 소박한 서정 시이지만, 환경론적 관점에서 보면 단순한 서정시로 그냥 지나쳐 버릴 일이 아닙니다. 구름을 신토불이 침대 이불로 사용해 보면 어떨까 하는 이런 상상력 속에는 사회적 메시지가 들어 있습니다. 바로 최근에 문제가 되고 있는 환경호르몬 문제입니다. 누군가 한입 베어 먹고 싶을 정도로 천연 무공해 구름, 그런 구름이 그립다는 메시지를 역설적으로 띠우고 있습니다.
  이번 계간평에서는 세 분의 시만 살펴보았는데, 많은 시인들을 매호 중복해서 다루는 것보다는 그동안 될 수 있으면 안 다룬 시인들의 시를 고루 살펴보려는 뜻이었음을 밝힙니다.

길에서 길을 묻는 시들
—『미주문학』 계간평

1.

이번 호에는 유달리 길에 대한 시가 눈에 많이 띈다. 길에 대한 언어적 상상력을 동원한 시들이 많았다는 뜻이다. 길에 대한 스스로의 질문은 나는 왜 살고 있는지 끊임없이 땅바닥에 질문을 되새김하는 것과도 같다. 걷는다는 것, 산다는 것은 무엇인가. 답을 얻기 위해 우리는 스스로의 삶을 반성한다. 삶의 여정에서 지나온 시간의 의미를 추적한다는 것이다. 자기 검증적인 시적 자아는 이때 발견된다. 삶이란 늘 노상에서 길을 묻는 것과 같다. 이 길이 어디로 향하는지 어디에서 끝나는지 어디로 이어지는지, 삶도 그러하듯이 길도 한 종착점을 향해 찾아가는 여정이다. 길은 앞서간 자의 걸어간 자국일 수도 있다. 어떤 길이 인간에게 가장 보람되고 뚜렷한 길일까. 지금 내가 가고 있는 이 길은 안전한 길일까. 우리는 이번 호에서 가던 길을 잠시 멈추고 지나온 삶을 성찰해 본 시인들의 길의 의미를 추적해 볼 것이다.

만날 당신 떠올리고
찾아가는 길

울퉁불퉁 깔린 자갈

얼기설기 엉킨 가시덤불

삔 발 절뚝대며

가시 찔린 핏자국으로 지나

(중략)

지도 펼쳐 놓고

경험을 되살려도

길과 방향 묘연하니

믿을 것은 나침반뿐

오직 당신의 말씀만이

전진 방향 인도하는

나침 바늘 되소서

―이기윤, 「세상살이」

　여기 진실되며 뚜렷한 구도적 소망을 담은 목소리가 있다. 삶의 길에서 "당신의 말씀"만이 나침반이라는 것이다. "나침 바늘"은 영원의 표상인 하늘의 별과 닿아 있다. 하늘의 길과 닿아 있다는 것이다. 시인은 삶의 궁극적 목표를 하늘의 지고한 가치에 두고 있음을 알 수 있다. 허나 지상에서의 우리의 길은 어떠한가. 작품에서 읽을 수 있듯 자갈길과 가시덤불길이다. 시인은 지금 자신이 살아오며 "삔 발"과 "가시 찔린 핏자국"을 돌아본다. 그리고 의연히 그 빛을 "나침 바늘"로 삼으며 말씀을 찾아 나설 것을 다짐한다.

만날 당신 떠올리고
찾아가는 길

이 시의 첫 연은 과거를 돌아보고 미래를 계획하는 현재의
모습을 두 줄로 담고 있다. "떠올리고" "찾아가는" 일은 자신에
게 주어진 길이요 그 길은 미래에까지 이어져 있다.

편지로도
말씀으로도
주지 않으셨다

조금씩 천천히
실체를 보여 주셨다

때로는
원하지도
구하지도 못 하고
소망을 잊고 있을 때
오시어 손잡아 주셨다

—백선영, 「응답」

앞서 살펴본 이기윤의 시가 구도적 삶의 빛(길)을 향해 의
연히 걸어갈 것을 다짐하는 시라면, 백선영의 「응답」은 그 빛
(길)을 자신의 마음에서 찾아내고 있다. 그 응답은 마음 안에서

얻은 어떤 자비롭고 넓은 '은혜'이다. 이 시는 그 은총이 우리 본성 안에 있다는 사실을 상기시켜 준다. "응답"은 마음에 있는 것이 아니라 '마음 안에' 있다는 것이다. 마음은 열심히 무엇인가를 갈구하고 있다. 하지만 우리 마음속에는 여전히 해결되지 않는 문제가 있다. 이처럼 우리는 많은 좌절감을 느끼며 살아간다. 시인은 말한다. 원하지도 못 하고 구하지도 못 하고 길 위에서 소망마저도 잊은 채 방황하고 있을 때 "오시어 손잡아 주셨다"고. "손잡아 주셨다"는 말에는 이끌어 주셨다는 의미와 일으켜 세워 주셨다는 의미가 포개져 있다.

"응답"은 말씀으로 나타나지 않는다. 말씀 속에 들어 있는 생명이 마음 안에 실체처럼 거할 때 충만감으로 나타난다. 소망을 잊고 있을 때 '오셨다'는 이 말은 즉 말씀 자체가 된 충만감이 내 안에 거하고 있었다는 것을 이제까지 미처 발견하지 못하고 있었다는 것의 깨달음일 것이다. 말씀이 바깥에 있었던 것이 아니라 이미 내 안에 거하고 있었다는 것이다. 원하고 구하는 행위는 삶을 다스리려는 자세이다. 삶을 다스리려고 노력하지 말라고 시인은 말하고 있다. 원하고 구하는 소망마저도 잊어버리라고 시인은 말하고 있다. 그럴 때 "응답"은 언어로서가 아니라 생명으로 나를 어루만져 준다고 하였다. 마음이 생명과 동화되는 이 일체감.

곽상희의 길은 지금껏 오래 우리가 걸어온 인생 여정 위에서 시인의 때로 회한스럽고 때로 비감어린 심정을 담아내면서 정서적 울림을 낳는 공간 역할도 한다. 시인은 살아온 시간의 의미를 반추하고 있다. 시를 보자.

사람과 짐승의 발밑에 바스라진

모래, 향내 나는 바람

꽃잎의 떨리는 심장, 길가의 잡초

돌아선 그믐달, 책들과 시집들에게

내 첫 시와 마지막 시에게

내 푸른 숨결, 내 발에게 손에게

(중략)

아 아침 해 빛나는 밤이슬

추운 날 자글자글 찌개 국물 끓는 소리

누군가 가만히 내 어깨에 얹은 손.

세상 어딘가에서 집으로 가는 길

잃은 사람, 갈 곳 없어 브로드웨이 한복판

고개 숙여 서 있는 저 사람

채워지지 않는 절망, 환한 희망에게 희망에게

낮게 앉은 욕망에게,

갓 떠난 꽃자리, 나무의 빈 마음

빛깔 없는 빛깔, 소리 없는 소리

어둠에게 빛에게

아, 끝없이 아득한 빛의 오르막길……

아무리 발효시켜도 발효되지 않는

빚 갚음의 길

　　　　　　　　　　　　　—곽상희, 「낮게 앉은 욕망에게」

이 시에서 우리는 부지런히 시간을 재촉해 오다가 이제 그 열띤 생의 가닥을 가다듬어야 할 나이에 접어든 한 사람의 지극한 자기 성찰의 떨림을 만나게 된다. 향내 나는 바람, 꽃들의 심장, 내 푸른 숨결, 아침 해 빛나는 밤이슬들이 연민과 체념 사이에서 정제된 서정적 어조로 바뀌어 가면서 "갓 떠난 꽃자리" "나무의 빈 마음" 같은 인생무상의 자연적 풍경으로 변주되고 있다. "누군가 가만히 내 어깨에 얹은 손"에 대한 무게감은 생의 숙명을 깊이 끌어안을 때의 비극적 정조의 생성에 깊이를 주고 있다. 살아온 시간에 대한 연민과 가야 할 시간인 "빛의 오르막길" 사이에서 시인은 삶을 "빛 갚음의 길"로 환치시켜 놓고 있다. 곽상희의 길의 상상력은 "끝없이 아득한 빛의 오르막길" 같은 시간을 희구하며 과거에의 그리움과 미래에의 체념 사이에 놓여 있다. 그 체념이 아마도 낮게 가라앉은 욕망일 것이다.

최락완의 「길을 길에 버리다」도 시간 흐름에 자기 존재를 투사하고 번뇌하는 고단한 여행자의 모습이 시의 표면에 나타나 있다. 팔만 사천의 길이란 세속 세계에 있는 번뇌의 길을 뜻하고 있다.

　(지겨운) 길을 쳐다보라며 전혀 길은 쳐다보지 않네
　느닷없이 길을 걸어 보네 길 아닌 길은 어디에도 없으니
　근신하라고 길은 스스로 존재한다고 잊으라고 없어지라고
　하지 말라고 팔만 사천의 길이 없어져야 하는가라고
　이를테면 (혹여 끊임없이 생기기라도 하라고)

—최락완, 「길을 길에 버리다」

　불가에서 말하는 '직지망월(直指望月)'이란 말이 연상되는 이 시에서 우리는 길에서 길을 버리고 또다시 길을 묻는 행자(行者)의 모습을 만나게 된다.

　2.
　이번 호에는 동물시가 또 유난히 많다. 그중 눈에 띄는 것은 오연희의 「뭉클거림에 대하여」, 한길수의 「낙타와 상인 3」, 복영미의 「이민 친구」, 유봉희의 「다야블로에서 만난 여우」이다.

　　아침 출근길
　　차 문을 열려다
　　발에 느껴지는 물컹한 감촉에
　　뒷걸음쳤다
　　발바닥에서 전해 오는
　　더 두툼한 생명의 물컹거림
　　비명을 질렀다

　　흩어진 한 무더기
　　접합만 하면 숨을 몰아쉴 듯 싱싱한 내장과 살
　　그 오싹한 기분이
　　종일 몸에 붙어 다녔다
　　　　　　　　　　　—오연희, 「뭉클거림에 대하여」

이 시는 아침 출근길에 자동차 키를 돌리려는 순간 발길에 밟힌 다람쥐를 소재로 하고 있다. 시인은 시 속에 암시하고 있지만 밟고 밟히는 것들의 운명을 떠올린다. 시인이 지금 뜻 없이 밟아 버린 다람쥐, 그 생명의 물컹거림. 시인은 말하자면 가해자이다. 동물의 수난에 시인은 동정을 아끼지 않는다. 시인은 처지를 바꾸어 오싹했던 기분이 사무실에서 하루 종일 자신을 괴롭혔다고 고백하고 있다. 자신도 이 거대 문명 자본주의 사회에서 그런 수난을 겪지나 않을까 불안하다. 오싹함을 느낀다는 것. 가해와 피해의 물고 물리는 교차와 반복은 이 세상을 지배하는 차가운 삶의 세태가 아닌가. 이 험한 삶의 실상은 심성이 고운 이민자의 마음속에 피해 의식과 강박 의식을 심는다. 이러한 불행한 삶의 섭리는 한길수의 「낙타와 상인 3」에서 명료하게 관찰된다.

> 엘에이 올림픽과 월턴 코너에 있는 성 그레고리 성당
> 일요일마다 노부부가 입구에 펼쳐 놓은 청과물이 싱그럽다
> 손수 담은 청국장부터 과수원에서 가져다 파는 과일까지
> 고향 향기를 베어 물듯 먹었던 찰옥수수와 노란 참외
> (중략)
> 어느 날 신문에 낯익은 얼굴 앞에 전구 속에 빠진 내 동공
> 노부부가 아들과 함께 카지노에 가다 교통사고를 당했다
> (중략)
> 며느리와 손자들이 보던 성당 앞 노점도 한 달 보름 지

나자

　　그 자리에 누가 마시고 버린 물병 하나만 떨어져 있다.

—한길수, 「낙타와 상인 3」

　이 시는 미국으로 대표되는 자본주의 사회에 대한 비판을 담은 일종의 문명 비판 시라 할 수 있다. 그런데 문명 비판을 담고 있는 이 시의 소재는 청과물, 청국장, 참외 같은 조그맣고 자잘한 일상의 자연이다. 시인은 거창한 사상과 힘 있는 목소리를 빌리지 않고도 미국 사회의 일상을 싱그럽게 포착하여 이민자의 애환을 그리고 있다. 복영미의 「이민 친구」도 재미있는 작품이다.

　　라면이라고도 하고
　　인스턴트 푸드라고도 하데요

—복영미, 「이민 친구」

　라면은 한국 산업화가 낳은 대용 음식의 꽃이다. 미국으로 건너간 식품이다. 시인은 라면을 두고 "이민 친구"와 같다고 말한다. "이민 친구"를 김치로 치면 묵은 김치가 아니라 겉절이 김치 같다는 시각도 신선하다. 라면이라는 일회용 인스턴트 식품을 통해 이민자 사회에서도 매사를 용무적으로 생각하고 획일화되어 가는 인간관계의 허구성을 예리하게 통찰해 낸 이 시의 의미는 깊고 넓다. 유봉희의 「다야블로에서 만난 여우」는 동물시의 한 표본이다. 묘사가 완벽한 것은 그의 관찰력의 남다른 재능 때문일 것이다.

> 나무와 풀들은 따라오기를 포기한 산등성
> 송곳니 같은 바위들만 높게 낮게 앉아서
> 바람을 잘게 부수고 있다
> 바위 뒤에서 빠른 속도로 한 물체가 지나간다
> 조금 후 서서히 몸체를 드러낸다
> 길게 부풀려진 꼬리, 뾰족한 얼굴
> 저것은 여우다
> 돌 하나 집어 던지면 정확하게 닿을 수 있는 거리
> 그러나 그의 걸음은 너무나 태연하다
> 잠깐 맞춘 눈도 고인 물처럼 흔들림이 없다
> 저 조용한 몸짓은 믿음일까, 본성일까
> —유봉희, 「다야블로에서 만난 여우」

　감정의 물기를 배제한 치밀한 묘사력이다. 묘사에 들뜸이 없다. 이 냉정한 대상 바라보기. 여우와 나 사이에 존재하는 팽팽한 고요. 인간을 경계하지 않는 성자와 같은 여우의 태연한 자태를 바로 앞에서 서로 마주하는 듯한 이 긴장력.

> 잠깐 맞춘 눈도 고인 물처럼 흔들림이 없다
> 저 조용한 몸짓은 믿음일까, 본성일까

　외워 두고 싶은 구절이다. 이제 미주 문인들의 시는, 개인적 서정에만 갇혀 있는 것이 아니라 인간의 근원적인 삶으로부터 종교적, 내면적, 문명 비판적, 사회적인 차원에 이르기까지 확산되어 있다. 현대적 서정성이란 자연 친화적 서정, 내면적 감성의 상상력, 사회성, 도시적 서정성을 폭넓게 획득하고 있다. 이 항목들은 한국의 현대시의 오늘을 잘 설명해 주는 항목들이다. 마땅히 거론해야 할 시들과 시인들이 많지만 지면이 넘은 관계로 이번 호에서 빠졌다.

사기 단지
―추석을 생각하며

오늘 밤 나는 의정부에 계신 어머니를 찾아봬야 할 것 같다.
기러기들이 북으로 모시고 가는
집 나온 추석 달을 별 하늘에서 보았기 때문이다.
90세에 가까운 어머님은 시집올 때 가져온
어수룩하고 둥글넓적한 사기 단지를
평생 곁에 눌러앉혀 놓고 살고 계시다.
푸르스름하고 부드러우면서 안온한 빛깔이
6.25 사변 때 대구까지 피난도 가고
오랜 세월 이삿짐에 끼어 옮겨 다녔지만
변하지 않았다.
어머님은 이 사기 단지 항아리에
먼저 간 자식들 숨소리를 담고 안고 계시다가
산기슭 제비꽃 색깔 위에 내려놓으셨을까.
팔 남매를 기르는 꿀단지로 쓰다가
손때 묻은 돈 통으로 쓰다가
먼지 속을 굴러다니다가
내 집으로 와 있지만
귀퉁이 한쪽만 누렇게 탈색됐을 뿐
사기 단지에는 젊은 엄마가 내다 버릴 수 없는 가을이 들
어 있다.

스산스럽게 나부끼는 가을 풀 위로

높이 날아 노니는 기러기 떼.

그 스산스러운 적미(寂美)!

푸른 강물에 덤벙 담가낸 후 꺼낸 듯한

푸른빛은 깊어지고 활활발발(活活潑潑)하다.

찾아뵙지 못해 말문 닫은 어머님 집으로

들고 가면서

이 조그만 항아리가 왜 이리 무거운지.

어머니에게는 산 자식보다 죽은 자식이 더 무겁다.

구천으로 떠나가 날아오지 않는 기러기를 생각하면.

　부모가 살고 있는 집은 모태 공간과도 같다. 옛집에 빈취(貧臭)가 깃들어 있어도 집은 그립다. 그곳은 자식들을 잉태했던 공간이요, 양육 후 하나씩 출가시켜 떠나보낸 공간이다. '어미 모(母)' 자만 보아도 그렇다. 모(母) 자를 잘 살펴보면 어머니의 숙명을 느낄 수 있다. '어미 모(母)' 자는 '여자 녀(女)'와 '한 일(一)', 그리고 점 두 개로 이루어져 있다. 한 여자가 한 남자와 만나 자식을 낳아 젖꼭지를 물리고 있는 모습이다.

　추석이란 어미의 젖꼭지를 찾아가는 한민족의 대이동이 아닐까. 오랜 옛날부터 자식이 부모를 찾아뵙는 이 풍속은 모태 공간의 회귀본능에서 생겨난 것이다. 어머니의 자궁이란 무엇인가. 그 속엔 공간이 들어 있다. 이 공간은 자식을 회임하여 점차 확산되다가 출산 후 원형으로 회귀하는 반복 공간이다. 추석 때 찾아가는 부모님 집은 마치 어머니의 자궁 속같이 편안하다. 어미의 마음속에는 집 떠난 자식들이 모여들었다가 다시 썰물처럼 빠져나가는 확산과 수축이라는 시간성이 동시에 작용한다.

잘났든 못났든 추석 때 집구석으로 찾아드는 자식들이란 무엇인가. '자식 자(子)' 자는 '마칠 료(了)' 자와 한결같다는 뜻의 '한 일(一)' 자가 합친 것이다. 즉 자식이란 죽을 때까지 어릴 적 부모를 따르던 마음으로 부모를 섬겨야 한다는 뜻이다. 나는 조선 시대에 태어난 아들은 아니지만 장남이라는 어쩔 수 없는 숙명을 짊어지고 구십이 넘은 부모님을 지금까지 봉양하고 있다.

다행스럽게도 구십이 넘은 부모님은 치매기도 없이 아직 정정하시다. 또 3남 5녀의 대가족이다. 제일 밑 남동생이 쉰이 되었고 위로 큰누님이 일흔이 되었으니 노령화된 가족이다. 추석 때 매형 세 분과 동생네 식구, 그리고 조카들이 한꺼번에 모두 모이면 30명이 북적거린다. 추석 명절만 되면 맏며느리인 내 집사람의 스트레스가 여간이 아니지만 큰아버지와 작은아버지가 일찍 돌아가셔서 그쪽 형들 식구들까지 아버님을 찾아오는 날에는 음식 시중으로 집사람은 아주 앓아눕게 되어 있다. 추석 당일 아침을 먹고 채널이나 돌리다가 점심때부터 한차례 몰려왔다가 흩어지는 이들로 집안은 마치 사과 공판장같이 떠들썩하다가 저녁이 되면 빈 창고같이 적막해진다. 이때쯤 되면 집사람은 녹초가 되어 아주 뻗어 버린다. TV에서는 무슨 중계방송처럼 막히기 시작하는 귀경길을 보도하고 귀성객의 짜증나는 표정을 매 시각 화면으로 비춰 주지만,

나는 빈 창고 같은 아파트에서 적요감에 빠져든다. 그 적요함은 무엇으로도 채우지 못하는 묘한 빈집 증후군 증상이다. 명절 연휴란 부모님들을 더 허전하게 만드는 일인지도 모른다. 내 부모와 마찬가지로 노인네들은 어쩔 수 없이 무채색의 삶을 살고 있다. 아니 앓고 있다. 이들에게 보약은 홍삼 엑기스 꾸러미가 아니라 잠시 삶을 생기 있게 해 드리는 흐뭇하고 좋은 추억이다.

초등학교 시절 아버지를 따라 추석 성묘 길을 따라간 적이 있다. 하도 오래전 일이라 희미하지만 동대문 너머서부터 시작되는 논밭 길을 목도꾼들 틈에 끼어 엄청나게 많은 아저씨들과 갓을 쓴 할아버지들 틈에 끼어 하루 종일 걷기만 했다는 기억이 남아 있다. 정말 죽을힘으로 걸었는데 이상한 것은 왜 산으로 올라가는지 알 수가 없었다. 내 또래 애들과 중학생쯤 되어 보이는 형들도 몇 있는데 또렷한 것은 목도꾼 아저씨들이 힘들게 어깨에 메고 가는 커다란 종이었다. 시조 할아버지가 살았다는 곳을 찾아가는데 왜 산으로 가는지도 이상했지만 왜 저 무거운 종을 메고 가는지 이상하기만 했다. 아저씨들은 어떤 절에다 종을 내려놓았고 종 주위에서 노인들이 지루하게 제문을 읽고 가져온 음식을 바치고 산을 내려온 기억이 빛바랜 채 있다. 나는 그 기억을 나이 오십이 될 때까지 까맣게 잊고 살았다. 가끔 어머니가 그 절에 있는 종에 가족 이름이 새겨져 있다는 말씀을 하셨는데, 아버지에게 물어봐도 서울 근교는 분명하지만 어느 산이고 어떤 절인지 기억을 못 하셨다. 당시 같이 산을 올랐던 아버지 또래였거나 그 윗분들이 세상을 이미 떠난 지 오래고 보면 절 이름을 알아낸다는 것은 불가능해 보였다. 어느 날 아버지가 옛 어른들의 자제 분을 알아내 찾아낸 절 이름은 연성암이었다. 그러나 조계종 사찰 명부를 뒤져 보아도 그런 이름은 존재하지 않았다. 우스운 얘기지만 나는 몇 년 간 차를 몰고 경기도 일대를 뒤지며 연성암을 찾아다녔다. 노부모를 태운 채 드라이브도 시켜 드릴 겸 마석, 가평, 양평까지 뒤져 보았지만 허사였다. 아버지가 새롭게 기억해 낸 유일한 단서는 무슨 능을 지나서 한참을 걸어 산을 올랐다는 것인데, 태릉은 아닐 것이고 막연히 광릉과 사릉, 동구릉 일대를 돌아다녔다. 모두 뒤져 보았지만 연성암이란 절은 없었다. 연성암은 아예 이 세상에서 없어진 절이었다. 내가 유령 절을 찾아다니는 것은 아닐까. 세상에 존재하지 않는 절을 찾는다는 게 얼마나 부질없는 짓인가 하는 생각이 들어 마음 한구석에 접어 두고 말았다.

내가 경기도 남양주시 진접읍에서 포도 재배를 하는 시인 류기봉의 포도밭 행사에 참여하기 시작한 것은 2002년부터였다. 포도밭 행사는 늘 추석을 앞두고 열렸는데 2004년 행사일엔 아침부터 가을장마가 퍼붓고 있었다. 비로 인해 시인들이 대거 불참했고 모인 시인이란 김춘수 선생과 조영서, 이수익, 노향림, 나뿐이었다. 그리고 비구니 한 분이 행사에 방청객으로 참여했다. 류기봉 시인은 우리에게 이 스님은 진건읍에 있는 어떤 절의 주지 스님이며 시도 쓴다고 소개했다. 연성암을 찾아 몇 해를 보내던 그때 문득 머리를 스쳐 지나가는 생각이 하나 있었다. 류 시인은 노천 행사를 취소하고 비를 피해 행사장을 인근 중학교 교실로 옮겼는데 내가 물어볼 겨를도 없이 여 스님은 이미 가 버리고 보이지 않았다. 며칠 후 추석 연휴 때 나는 차를 몰고 혼자 사릉을 배회하다가 진건읍으로 갔다. 내 생각이 맞다면 내가 찾는 연성암이 있을지도 모른다는 막연한 추측을 한 채 아파트 단지가 들어찬 읍내를 두리번거렸다. 멀리 올려다보니 천마산 지맥의 한줄기가 보였다. 길가 안쪽으로 숨겨진 '견성암(見聖庵)'이란 푯말이 보였다. 연성암이 아니라 혹 견성암이 아니었을까. 절은 산꼭대기에 있었다. 절로 올라가는 길은 봉고 한 대가 지나다닐 수 있는 좁은 길이었지만 아스팔트 포장이 되어 있었다. 나는 위에서 내려오는 차와 만나지 않기를 간절히 바라며 차를 몰고 45도쯤 경사진 산길을 올라갔다. 절 앞에 주차를 하고 경내 마당으로 들어가 대웅전 마루 앞에 걸려 있는 종을 보았다. 내가 어렸을 때 본 종이 맞는지 자신할 수가 없었다. 유일한 확인은 거기 새겨진 이름들이었다. 백여 명이나 될까, 그 이름들 속에는 큰아버지, 아버지, 작은아버지 삼형제와 나, 남동생 다섯 명의 이름이 음각되어 있었다. 막내 동생 3남의 이름이 없는 걸로 보아 아직 태어나기 이전이었던 것이다. 나는 부모님을 모시고 와 절을 보여 드렸다. 아버지는 감리교의 노 장로로 계시기 때문에 합장을 하지 않으셨지만 막상 절에 와 보니 감회 깊은 표정에 젖어 있었다. 새겨져 있는 다섯 명 가운데 살아 있는 사람은 아버지와 나뿐이다. 살아 있다는 것은 언젠가는 사라진다는 것을 뜻하지 않는가. 저 종에 새겨진 이들 모두 백운공거래(白雲空去來)요 분향과일생(焚香過一生)이 아닌가.

142

견성암은 사릉 뒤쪽 남양주 천마산 지맥의 한줄기인 독정산 (獨井山)에 있다. 이 절은 고려 중엽 풍양 조씨 문중에서 고려 개국공신이자 왕건의 시중이었던 풍양 조씨 시조 조맹(趙孟) 을 기리기 위해 사비로 세운 절이다. 6.25 후 개보수가 시작됐 고 풍양 조씨 문중에서 종을 지어다 불사를 일으켰다. 지금은 광릉 봉선사의 말사이다. 현재 절이 있는 옛 풍양현(豊壤縣, 현 남양주시) 천마산 꼭대기 독정굴(獨井窟)에 은거하며 수양 을 하던 시조 조맹은 어떤 분이었을까. 절 마당의 국화 향을 맡 으며 '현정좌구망(現靜坐求忘, '고요하게 앉아 잊음을 찾다')' 한 구절을 홀로 읊조려 보고 내려왔던 몇 년 전 추석이 새롭다.

상병 월급으로 사 본『문학사상』창간호
―『문학사상』과 나

　『문학사상』399호까지의 표지화를 보면 신문학 도입 이후 지금까지 한국 현대문학의 봉우리를 향해 등정 길에 오른 얼굴들이 축적된 시각적 풍경의 파노라마를 만끽할 수 있다. 창간호 표지를 장식한 이상(李箱)의 초상화로부터 400호를 목전에 둔 399호 목월의 초상에 이르기까지『문학사상』은 수평 지향이 아니라 수직 지향성을 지닌 채 한국문학이 이룬 넓이와 깊이와 높이를 고스란히 조감하게 해 주고 있다. 표지화 제작에 참여한 미술가들은 단지 우리 시대의 미술인이 아니라 최고의 지식인 그룹으로서 가령 소월의 초상 복원 예와 같이 식민 통치 시대를 견디어 온 문학인들의 사상과 정신의 시혼을 혼신으로 그린 것을 알 수 있다. 문학인의 표정이란 무엇인가. 소월의 초상에서 보듯 눈 코 입은 소월의 생과 문학 전체를 담은 그릇(容器)으로 보인다.

　잡지는, 특히 문예지는, 표정과 얼굴이라 할 표지가 중요한 것은 두말할 나위가 없다. 초창기 문예지『창조』를 위시해서 우리나라의 문예지 표지에는 한국 근대미술의 선구자들이 대거 참여해 온 전통이 꽤 오래되었고 그 전통은 깊이 이어져 내려왔다. 이 전통은 1972년 10월 창간된『문학사상』인물 표지화를 기점으로 내면성을 지니기 시작한다. 그간의 한국적 서정이나 풍경화 일변도 또는 자신의 회화성을 알리는 소지(素

地)로서의 표지를 벗어났다는 것이다. 한국문학사를 이끌어 온 문인들의 인물화로서의 변화, 그 시발점은 창간 표지에 나온 구본웅(具本雄)의 이상의 초상(「친구의 얼굴」)이다. 옛 덕수궁 자리에 있었던 현대미술관 유물 창고에 방치되다시피 변색되어 간 이상의 초상화가 창간호 표지에 햇빛처럼 부활한 것이다. 이것은 문학적이라기보다는 그 이상의 문화적 사건이다. 수복(修復)이 불가능한 암투성이 화폭 속에서 근대의 병을 앓고 있었던 박제된 천재가 무덤 속에서 부활한 대사건이다. 현대의 잡지 표지에는 상품화된 인물 사진이 등장하지 초상화가 성립될 수 없는 시대이다. 초상화는 이미 사멸된 장르이다. 유리의 뒤쪽에 금속을 바르는 기술은 중세기에도 있었고 15세기 이후부터 유럽에서는 초상화란 장르가 자리 잡고 있지만 자화상이나 초상화의 성립 근거가 반드시 거울을 들여다보는 이의 나르시시즘 때문만은 아니다. 창간호 표지의 이상의 초상화에서 보듯 그 표정은 해체를 겪은 내면의 냉소적 형상이요 정신의 풍경이다. 구본웅이 그린 이상의 얼굴은, 파괴해 버리고 변용시킨 타자로서의 이상의 초상이다. 썰렁한 다다미방에서 '근대'라는 서양식 난로를 쬐고 있는 이상이 물고 있는 긴 파이프는 창밖으로 내리는 두둑한 시간의 보너스 같은 눈발을 향해 연기를 피워 올리고 있다. 그 모락모락 피어오르는 연기가 바로 문학의 언어이다. 그 언어는 창간호에 이어령 주간이 밝혔듯이 병든 폐에 넣어 주는 신선한 초원의 바람 같은 언어이며, 상처를 매 주는 붕대 같은 언어이다.

잡지가 창간될 당시 나는 부산 초량동 제3부두에서 군 복무를 하고 있었다. 목월 선생의 추천을 마치고 시단에 등단하자마자 곧바로 입대했지만 모처럼 외출이나 외박이 허락되면 당시 부산 지역에 있던 '현대시' 동인들, 허만하, 김규태, 이유경, 이수익 선배들을 찾아가던 시절이었다. 『문학사상』이란 문예지가 나왔다는 소식을 부산 MBC에 있던 이수익 선배로부터 들었다. 나는 광복동 서점에서 『문학사상』 창간호를 샀다. 군대 월급으로 내가 사 본 창간호였다. 초창기 문학사상사는 지금의 정부종합청사 맞은편 통의동 샛골목에 있었다. 두 명이 두 팔을 양쪽으로 벌리면 닿을락 말락 한 골목에는 장안의 세도가들이 찾아드는 "작명가 김봉수 집"이라는 간판이 걸려 있었고, 그 집 건너에 적산가옥인지 한옥인지 개조된 이층 건물이 문학사상사였다. 집 전체를 사무실로 쓰고 있던 셈인데 2층으로 올라가는 나무 계단을 밟으며 편집실로 올랐었다. 주인은 출타 중이고 유리 빛 지성의 안경테만 놓여 있는 책상. 그곳을 처음 찾아간 것이 어느 해인지는 기억이 나지 않지만 당시 '신감각' 동인으로 활동하던 이명자 시인과 서영은 선배와 함께 청탁받은 시 원고를 들고 찾아간 기억이 난다. 빗물이 많이 새는 1970년대라는 시대의 그 얼룩얼룩한 천정만 보고 와 『문학사상』에 처음 발표한 시가 「불」이었다.

　　네 힘으로 뜨고 네 힘으로 공손해지라, 네 힘으로 열고 네
　　힘으로 잠재우라, 가라, 네 곁에 가서 네가 너를 맞이하라,
　　네 곁에 가서 네가 너의 밤을 맞이하라, 너의 힘 속에 너의
　　발을 세우고, 징그러운 상처를 퍼렇게 폭로하라, 가라, 네 곁

에 가서 네가 너의 힘을 맞이하라, 너의 주검 속에 너의 창을
더 깊숙이 꽂으며, 너는 너, 불 속에서 식식거리는 산돼지 대
가리, 산돼지 옆에서 식식거리는 산돼지 대가리, 산돼지 옆
에서 솟아오르는 산돼지 대가리, 너의 상처 속에 너의 고름
을 채우고 너의 주검 위에 강철의 언어를 덮어라

—「불」 전문

　이 짧은 글에서 빼놓을 수 없는 이는 평론가 정현기 선배
이다. 나는 그의 딜레탕티즘을 좋아했다. 문학사상사가 1980
년대 초반 지금의 임홍빈 회장 체제로 바뀌고 정현기 선배를
주간으로 영입하고 정부종합청사 뒤 적선빌딩 한 층을 통째
로 사무실로 쓰기 시작하면서 사업도 매머드화되어 갔다. 편
집 사무실이 고층 빌딩 꼭대기에 있다는 것, 그리고 엘리베이
터를 이용한다는 것, 이것은 엄청난 심리적 피지배감을 준다.
나 역시 압도당하고 지배당하는 기분을 느꼈다. 그러나 그 고
층에 마치 산승(山僧)처럼 사는 사람, 정 주간을 나는 자주 만
났다. 이어령 선생님이 한 톨의 먼지도 허락하지 않는 소독된
지성의 유리 빛 냉정함을 안경테로 내보이고 있었다면, 정 주
간은 빌딩 아래 가두에 조갑지같이 엎드려 있는 빈대떡집이
나 낙지집을 수도(修道)의 자리로 삼고 있었다. 정 주간의 안
경테는 아우슈비츠에 보관되어 있던 유태인 학자의 안경테를
코끝에 빌려다 쓴 듯했다. 문학은 이런 사람으로부터도 구원
을 받는다.
　책을 만드는 학자는 사실 수도승이 아니다. 당시는 나도 건

축가 김수근 선생이 발행하는 예술 종합지『공간』의 편집장으로 일하고 있던 시절이었는데, 어찌 보면 정 주간과 나 같은 사람은 등사판을 밀던, 어려운 언더그라운드 시절의 책에 대한 가난한 향수를 느끼고 있는 퇴행 심리적 의식에서 혈연감으로 엮여졌다. 삶이 아무리 힘들지만 헐떡이지는 말자는 것. 밭을 갈고 온 황소가 숨소리 내지 않는 것처럼. 그 정 주간과 내가 1991년 같은 해에 '김환태 평론상'과 '소월시문학상'을 받게 된 인연도 그냥 우연이라고만 할 수 없다. 권영민 주간, 오세영, 김성곤 주간도 내게는 잊을 수 없는 분들이다. 릴케가 거장 로댕 밑에서 헌신한 것처럼『문학사상』이라는 거목 밑에서 수고해 온 이들 지성과 젊음을 소진시켜 온 문학 독자들.

　삶을 반성케 해 온 문학지,『문학사상』이 400호를 맞는다. 400호의 표지화는 누구일까. 벌써부터 궁금해진다.

샤토 지역의 '빠쁘 끌레망' 포도밭을 지나며

　포도밭으로 가는 길은 어느 나라나 아름답다. 포도는 천국의 열매이기 때문이 아닐까. 포도를 재배하는 이들은 천국의 천사들일 것이다.

　프랑스의 와인 산지 보르도 지방에는 수많은 고성들이 흩어져 있다. 이 성을 중심으로 포도밭이 지평선까지 뻗어 있는 것을 볼 수 있다. 성의 숫자만 무려 150개가 넘는다. 와인은 영혼의 술이다. 이곳을 들러 보고 와인을 마시다가 작고한 이흥우 시인은 천국으로 가는 미각을 지니고 간 가장 행복한 시인이었을 것이다. 와인 여행 와중 속에서의 갑작스런 죽음, 시인이란 이렇게 취한 채 죽어야 한다고 생각하며 나는 포도밭으로 갔다.

　내가 가 본 포도밭은 사또 지역의 빠쁘 끌레망 성 관할의 농장이다. 끌레망이 교황 즉위 이전까지 평민 신분으로 경작하던 포도밭이다. 순전히 와인 주조용 포도밭이다. 성으로 가는 왼쪽에 잘 조경된 잔디밭에 'PAPE-CLEMENT(빠쁘 끌레망)'이란 잔디 글자가 아름답다. 성을 중심으로 사방으로 포도밭이 펼쳐져 있고 농가들이 모여 있다. 포도를 경작하는 인부들이 살고 있는 곳이다. 이 넓은 포도밭을 기계를 쓰지 않고 일일이 손 농사로 짓고 있다. 와인 제조용 포도나무의 키들은 1m 남짓하게 가지치기가 되어 있다. 특이한 것은 이 광활한 포도밭에 수없이 많은 장미가 심어져 있다는 사실이다. 장미 잎사귀나 가지, 꽃들이 시원치 않으면 포도나무들이 병이 들었다는 것을 알 수 있다고 한다. 나무나 토양의 건강 상태를 체크하기 위한 수단으로 포도밭에 장미를 심는 전통은 수세기 전부터 내려왔다고 한다. 이곳에서 15세부터 와인을 빚었다는 와인 감별사 노인은 자작시를 낭송했다. "와인은 하늘의 문으로 들어가는 혀"라고!

빠쁘 끌레망 성과 포도밭은 지금 개인 소유이지만 회사 몇 개를 살 수 있는 상상할 수 없는 고가라고 들었다. 끌레망 5세가 평민 시절 경작하던 곳이라는 사실과 '빠쁘(교황)'라는 어마어마한 이름값 때문일 것이다.

스위스 도른비른 서정시 대회에서

—시의 부흥, 시의 전도

시가 엔터테인먼트로서 흥행이 될 수 있을까.

지난 5월 초순 나는 오스트리아 도른비른에서 열린 '2003 세계 서정시 대회'에 참여한 일이 있었다. 스위스의 접경지대인 전형적인 알프스의 소읍을 연상케 하는 인구 12만의 이 조그마한 도시는 5월인데도 잔설이 덮인 산자락에 둘러싸여 있었다. 도른비른 산간 마을에서는 5월 한 달 내내 슈베르트 축제가 열리는데, 이 시즌 동안 현존하는 전 세계의 슈베르트 가수, 연주자들이 참가하고 인근 도시 브레겐트의 수상 무대에서는 지난해 「라보엠」 공연에 이어 뮤지컬 「웨스트사이드 스토리」를 준비하고 있는 것으로 보아 이 조그마한 지역이 상당한 문화적 부를 자랑하고 있다는 걸 느낄 수 있었다.

'세계 서정시 대회'가 열리는 도른비른 시내는 말할 것도 없이 인근 도시들까지 멋진 디자인의 행사 포스터가 고혹스럽게 눈길을 끌고 있고 시 당국이 포스터 제작 비용으로만 2억 원을 지출하는 등 도른비른 시장 자신이 이 문학 행사를 특장화해 정착시키려는 열의를 갖고 있었다. 행사장은 겉으로 보기엔 평범한 창고형의 건물 슈필보덴. 10여 년 전까지만 해도 버려져 있던 섬유 보관창고 건물이지만 외형은 그대로 두고 내부를 완전히 현대식 공연장으로 개조한 곳으로 그 안에는 먹고 마실 수 있는 간이 레스토랑까지 갖추고 있었다. 처음 나는 이 행사의 입장료가 2만 5천 원이라는 사실에 놀랐고 그럼에도 불구하고 닷새 동안의 시 낭송 기간에 객석이 꽉 차 있음을 보고 놀랐다. 도른비른의 지역 시인들이 주로 출연하지만 유럽 각지의 중견 거물급 시인들이 초대되고 이번에는 노벨상 후보로 자주 거론되던 시인 노테붐이 특별 초청되어 매스컴이 대문짝만하게 연일 보도하고 있었다. 이번 행사는 주최 측이 개막 첫날을 '한국 시인의 밤'으로 특별 배려할 정도. 개량 한복을 미리 준비할 정도로 언어가 안 되면 몸으로라도 한국의 정체성을 보여 준다는 생각이었는데 첫날의 한복은 그런대로 효과가 있었다. 하지만 유럽 시인들이 자유분방하게 시를 공연화하고 있다면 우리는 시를 읽는 시 낭독 수준이었다. 가령 이 지역의 꽤 알려진 젊은 시인 볼프강 헤르만이 등장할 때 현대음악과 시가 접목되는 걸 알 수 있었는데 10분 간의 시 낭독을 돕기 위해 미국에 사는 그의 친구 뮤지션이 비행기를 타고 날아올 정도. 앞서 말한 대로 시가 프로페셔널들의 공연이 되고 있는 이곳에서는 극장장 자신이 티셔츠 차림으로 사회자 역할도 하고 휴식 시간에는 색소폰을 부는 밴드 마스터가 되기도 하고 거금의 입장료를 낸 청중들은 식사와 담소를 즐기며 시인들을 친구로 사귀었다. 그야말로 시가 이곳에서는 먹고 마시고 떠드는 우리의 삶과 한 덩이가 되고 있고 전혀 고상하지 않았다. 돈을 주고 살 수 있는 즐거움 중에 시가 천연덕스럽게 끼어 있는 셈이다. 시의 흥행(흥행이란 말이 우리에게는 낯설지만)이 부러울 정도로 이루어지고 있는 셈이다. 점잖은 정장 차림의 식자층들도 그 고상함을 벗어던지고 흥행꾼

이 되고 있는 셈이다.

시가 엔터테인먼트로서 일단 자국에서 대중 공연으로 성공하고 그것을 다시 세계에 알리는 일이 가능할까. 불가능한 일이 아니다. 번역이나 출판이라는 형태의 전파도 좋지만, 프랑스가 일찍이 시도한 자국의 시를 세계에 전도하는 시 낭송 배우 육성책은 어떨까. 정부의 지원으로 세계를 순회하는 프랑스의 시 낭송 배우 비키 메시카의 내한 공연을 본 건 1978년 비원 옆 공간소극장에서였다. 짧은 키에 매부리코가 인상적인 파리 시내 어디에서든 흔히 만날 수 있는 50대 중년 남자. 이 평범한 이웃집 아저씨 같은 중년의 파리지엥은 빅토르 위고의 시로부터 자끄 프레베르까지 무려 5백여 편의 시를 암송(아니 정확히 말하면 노래)하고 있었다. 그는 프랑스 시를 전도하고 다니는 내가 만나 본 시의 전도사였다. 그때 20대 후반의 나로서는 낯선 나라의 시 부흥회에서 시의 재림을 알리러 다니는 이 배우의 가치를 너무 과소평가했다.

우리에게도 시 낭송 배우의 육성이 필요하다. 시의 보급은 시가 공연이 되어야 한다는 점을 전제로 시 낭송 배우의 발굴이 절실하다. 86 아시안 게임을 전후로 슬그머니 일었던 범국민 시 낭송 콘테스트 '시인 만세!'는 작고한 김수남 씨와 함께 영영 사라졌지만 아직도 낙도를 찾아 몇몇 시인들은 시를 전도하는 일을 앞장서 한다.

시인의 적, 시의 적

　문예진흥원 자료관장으로 있을 때다. 신입 사서로부터 놀라운 말을 들었다. "전 시집 같은 거 읽지 않습니다." 이유를 묻자, "시가 마음을 약하게 만들기 때문"이라는 경멸 투의 대답을 들었다. 내가 살아온 주변에는 이런 '반시자(反詩者)' 혹은 '시맹자(詩盲者)'들이 도처에 있었다. 이들이 모두 지식인이었음을 감안할 때 독자는 아직 태어나지 않았다고 해야 한다. 시의 잘못도 크다. 우리는 그들이 혐오하고 경멸하고 있는 시에 대한 마음까지도 시로 만들었어야 했다. 시인의 적은 시인일 수 있다. 무명 시인 시절 때 겪었던 일이다. 어느 중진급 대가의 시 전집이 산문 전집과 함께 발간되었는데, 그 속에 실은 화보 사진을 보다가 내 자신의 부고를 받은 느낌을 받았다. 시인을 중심으로 왼쪽 끝에 서 있었던 내 모습이 오려진 채 나와 있었다. 수십 년이 지나 그 원로 시인의 작고 직전에 나온 전집에서도 여전히 나는 가위로 오려진 채 세상을 떠돌아다닌다. 자신 옆에 생존할 이유나 권리를 부정하듯. 시인의 적은 선배들이다. 선배들은 겁을 준다. 그래서 내 오랜 세월 마음속에선 1인 노동조합이 결성되었다. 시인은 시로써 복수의 꿈을 꾼다.

어색한 서울, 내 고향

　우리 작은애의 직장은 청계천 물길이 되살아나고 있는 광교 옆 고층 빌딩 안에 있다. 직업상 취재 기자로서 어른들로부터 그리 흔한 질문은 아니지만 간혹 말씨를 듣고 고향을 물어 올 때가 있단다. 그때마다 "서울이에요"라고 대답하는 말에 그 애는 어색해질 때가 많다. 대학 새내기 시절 여러 차례 친구들로부터 받은 핀잔, "얘! 서울이 무슨 고향이냐?"는 말이 아직도 머릿속에 남아 있기 때문이다.

　적어도 고향이라면 냇물 따라 풀벌레 울고 벼 이삭이 익어가는 농촌이거나 시골이어야만 그럴듯한데 내가 자란 서울에는 그런 정취가 없다는 고정관념이 남아 있기 때문이다. 그 아이의 아버지인 나는 그 애보다 더 서울이 고향이라는 것을 남 앞에 내세우는 것에 어색해한다. 얼마 전 나는 같은 아파트에 사는 한 아저씨를 집으로까지 데리고 와 거실에서 술판을 진탕 벌였다. 중랑천변 자전거 전용 도로로 휴일이면 자전거를 타러 나가다가 자전거도로에서 자주 스치듯 알게 된 노무자인데 통성명을 하고 대화를 하다 보니 서로가 서울 토박이이자 같은 아파트 건너 동에 살고 있다는 것을 알게 된 것이다.

　서울 사람이라는 공통점이 우리 세대에서는 그렇게 신기해 보이지도 않는데 우리는 광대한 은하계에서 살별이 서로 만난 듯이 반가워하고 있었다. 내 본적지는 서대문구 냉천동 68

번지. 그곳은 지금 고층 아파트 단지로 변했지만 애들의 본적지이기도 하다.

"나는 마포 용강동입니다. 비만 오면 땅이 진흙 길로 변해 장화 없이는 학교도 못 갔어요. 운동화도 사기 힘든 형편에 장화 살 돈이 어디 있어요? 장전(장 만드는 가게)을 하던 아버지에게 조르다가 매만 죽도록 맞았지요."

서대문에서 태어난 나도 여름이면 책가방을 머리 위로 내놓은 채 마포 밤섬(지금의 여의도)을 헤엄치며 건너가 놀던 하동(夏童)의 추억을 늘어놓을 수 있었다. 저 친구가 태어난 용강동은 서울로 편입되기 전까지 용강면으로 불렀다.

"아하, 이 선생은 용강면 사람이군요. 나는 서대문 냉천동 사람입니다."

"저는 용인에서 식기 만드는 공장을 하고 있습니다. 요즘은 중국 수출 길을 뚫으러 다니구요."

"저는 그냥 평범한 대학 서생 노릇을 하고 있습니다."

3년여 넘게 석계역 옆 중랑천변의 아파트에 살면서도 서로를 모르고 지내는 것은 아주 흔한 일일 것이다. 초등학교를 다니던 시절만 하더라도 마포와 서대문에는 전차가 다녔다. 은방울자매의 노래 「마포 종점」은 한 시대를 풍미하며 지금은 노래방에나 가야 부를 수 있게 되었지만 소년 시절 전차 선로에 대못들을 즐비하게 올려놓고 전차가 지나가면 납작하게 펴진 못을 칼처럼 숫돌에 갈아 숨기고 다니기도 했다. 서울의 전찻길 선로는 지금 아스팔트 밑에 아직도 깔려 있다. 당시 김현옥 서울 시장은 전차선로를 뜯어내는 비용보다 그 위에 아스콘을 덮는 것이 예산 절감 효과를 가져온다고 덮어 버렸다.

서대문에서 자란 나도 혼자 아는 비밀인 듯 자랑하듯 떠들어 댔다. 서대문 전차 종점 바로 위에 독립문이 있었다. 현재의 독립문은 먼저 자리에서 훨씬 위로 이동되어 있다. 당시 독립문은 애들 놀이터로 안으로 들어가 계단으로 올라갈 수 있었다. 독립문을 현재 위치로 조금 밀어 이동시킨 것은 사직터널에서 나오면서 이화여대로 연결되는 금화터널 고가 차도 밑에 위치해 있었기 때문이다. 영천시장과 옥천동의 불량 주택이 밀집된 금화산 일대가 아파트 단지로 재개발되기 때문에 도심 교통 원활에 기여코자 원래 있던 자리를 내준 것이다. 독립문에서 무악재로 올라가는 오른편의 인왕산에는 백수정이 흔해 수정을 캐러 악동들이 오르내린 곳이다. 당시 버스는 무악재 고개 중턱에서 때도 없이 시동이 멈춰 승객들이 내려 뒤에서 밀어야만 했고 홍제동 화장터를 지나 지금의 불광동은 양주군 불광면으로 시골 사람들이 물지게를 짊어지고 다니던 논밭뿐이었다. 구파발 너머 진관사는 고학년의 소풍지였고 저학년들은 효자동 전차 종점에서 내려 자하문을 지나 세검정으로 봄 소풍을 다니거나 미아리 공동묘지(지금의 길음동)를 지나 시골길을 걸으며 화계사로 가을 소풍을 다녔다.

인간에게 고향은 소중한 곳이다. 고향은 국가는 없어져도 남아 있다고 하지만 내가 태어나 성장해 온 서울의 초라해 보이고 가난했던 흔적은 사라져 버리고 없다. 얼마 전 애들을 데리고 문화일보사와 동양극장 옆을 지나다가 손으로 내가 한 이층 건물을 가리킨 일이 있었다. 그 건물이 중학 시절 내가 살던 집이다. 내가 살았다면 그 건물은 10층 고층 빌딩이 되어 있었을 것이다. 나는 거기서 소년기를 보냈다. 사무실로나 사용되어야 할 30평 남짓한 이층 건물 시멘트 바닥에 겨울이면 연탄난로 하나로 다다미 위에서 팔 남매가 살던 곳이다. 책상이 없어 나무 궤짝을 창가로 붙여 놓고 거리의 건물들이 늦게까지 켜 놓은 불빛을 받아 가며 영어 단어를 외우던 썰렁한 추억에는 가로등이 하나 켜져 있다.

외환은행이 들어서 있는 31빌딩이 어느 날 세워지고, 청계천이 메워지고, 그 위의 고가 차도가 지나는 것을 시작으로 신문로에서 세종로 광화문 시청 앞 일대에 들어찬 빌딩은 근대화의 급류를 타고 급속하게 만들어졌다. 내 추억에 따르면 세종로의 옛 국제극장도 지금 없어져 버렸고 여심다방과 시네마 코리아도 사라졌다. 그 자리에 우뚝 솟은 건물은 근대화의 상징인 고층 빌딩들과 재벌 신문사 조선일보 사옥이요, 시청 앞 경남극장이 있던 자리에는 프라자 호텔이 들어서 남산의 경관을 가리고 서 있다.

근대화는 어쩔 수 없이 지역사회의 삶을 송두리째 파괴한다. 악취와 오물투성이의 청계천을 시멘트 문화로 덮어 버리면서 복개된 청계천 무교동 일대 낙지집들의 낙지 맛이 고무 씹는 맛으로 슬그머니 변해 버렸듯이 근대화 이후 민심도 찰고무처럼 변해 버렸다.

나는 새로 복원될 청계천에 대해 요즘 말을 많이 한다. 그게 그거지. 아니다. 애들은 달리 보고 있다. "청계천은 정말 아름답게 달라졌어요. 내가 보기에 을지로 쪽에서 바라보는 청계천 풍경이 훨씬 아름다워요." 청계천이 복원되면 대학 시절 자주 찾은 무교동의 옛날 낙지 맛이 혀끝으로 되돌아올까.

내 관심은 미각에 더 쏠려 있다. 낙지다운 낙지 맛을 청계천 복원 이후 40여 년 동안 빼앗겼다. 우리 작은애는 좀 다르다. 매일매일 출퇴근 시에 보는 청계천이지만 단순히 푸른 물을 도심 한가운데로 미관상 흐르게 하는 것이 아니라 서울 시민에게 되돌려주어야 할 것을 돌려주기 위해 모두가 알뜰살뜰한 손길 물길을 보내고 있다고 생각하는 것 같다.

오물과 오염 가득한 악취 대신 이젠 계절 따라 수목과 꽃향기와 하늘이 보내 주는 신선한 햇빛과 공기를 후각(嗅覺)할 수 있고, 철근과 시멘트 대신 싱그러운 해와 달과 별빛을 시각(視覺)할 수 있고, 지저귀는 새소리와 물소리를 청각(聽覺)할 수 있으며, 살아 움직이는 물고기의 푸른 등과 곤충과 풀벌레의 날개를 촉각(觸覺)할 수 있으며, 예전에 지녔던 자연 본래대로의 온갖 생명과 미래를 향한 젊은 삶의 활력까지를 통각(總覺)할 수 있다고 믿기 때문이다.

도심 한가운데로 5㎞가 넘는 자연 하천의 물줄기를 꽃을 가꾸듯 가꿀 줄 아는 나라, 그런 발상을 하는 나라는 한국 외에는 없을 것이다. 나는 사무실 창가에서 청계천을 바라보며 서울의 산들이 쥐라기의 공룡처럼 입으로 푸른 물줄기를 뿜으며 성큼성큼 도심 속으로 걸어와서 춤을 추는 꿈을 억지로 어색하게 꾸곤 한다. 그들 공룡들이 밤이면 머리를 치켜세우고 빛과 물과 색채가 어우러진 청계천 물에 비친 제 모습에 나르시스처럼 취해 앉아 있는 꿈이다. 그 꿈이 만들어진 실례로서 청계천의 복원을 일단 서울 토박이로서 자연스럽게 생각한다.

여우 꼬리 같은 시

　백남준 선생은 예술을 눈 속으로 숨어 버린 흰 여우 꼬리 같다는 말을 서울 왔을 때 공간사에서 내게 하셨습니다. 평생 그 꼬리를 찾아다닌다는 뜻이었지요. 당시 김수근의 공간사 편집장이었던 나는 이우환 선생과 함께 그 말의 뜻을 새겨 둔 일이 있었지요. 하얀 눈 펑펑 내린 날 여우가 흰 꼬리를 소나무 숲속 눈 속으로 숨기고 달아납니다. 그 흰 꼬리를 눈 속에서 찾아다닙니다. 종적이 없습니다. 그 종적 없는 자취를 찾아 나서는 것, 그게 예술이요. 뻔한 길이라면 그건 아니라는 겁니다.

　김달진 영감을 만나고 『한산시』를 공부하면서 또 여우를 만나게 됩니다. 『한산시』에 나오는 여우는 겨울밤 언 강을 건너는 시도를 하지요. 건너가려는 여우가 얼음을 두드려 보고 귀 쫑긋대며 잘 얼었는지 안전한지 얼음 소리를 들으며 갑니다. 『한산시』에는 바로 '청빙'이라는 말이 나옵니다. 추운 겨울밤 강을 건너가야 하는 여우 한 마리가 언 강바닥을 앞발로 두드려 가며 얼음 소리를 들어 보고 한 발짝 한 발짝 내딛어 가며 조심스레 강을 건너간다는 뜻입니다. 겨울 강 언 소리 듣는 이는 작곡가가 되리라고 하다가 전위예술가가 되었고 백남준 선생은 눈 속으로 숨어 버린 여우 꼬리를 찾아 한평생 예술을 하게 됐다는 말을 내게 하셨습니다. 시 쓰는 우리 쪽으로 초점을 돌려 보겠습니다.

하얀 눈 속으로 숨어 버린 흰 여우 꼬리!
시의 의미는
여우 꼬리 같은 거.
여우 꼬리 같은 겁니다.

언어는 고독한 것이지요. 겉이 얼어 있다 해서 속까지 다 얼어 있는 것은 아니지요. 살얼음일 수도 있으니까요. 단단하게 얼어 있는 얼음을 확인해 보아야 합니다. 강바닥에 귀를 쫑긋이 붙이고 납작 엎드린 채 회색 코털을 바짝 대고 한 발씩 앞으로 딛는 언어가 두드리는 맑은 얼음 소리. 얼음의 상태를 깨우는 소리. 불러내는 소리. 자기 손으로 두드려 보고 듣는 소리. 우리는 나의 외로움이 얼마나 깊이 얼어 있는지를 확인해야 합니다.

시는 내 외로움을 두드려 보는 행위.
언어로 얼음을 두드려 보는 행위.

우리가 쓰는 시는 대답 없는 상태에 대한 질문입니다. 시는 없는 상태의 문 두드림. 두드려 보아야만 우리가 긍정할 수 있는 단단한 길이 나옵니다. 부정해야만 하는 길도 나옵니다. 그 길은 우리 각자가 두드려 보고 알아채는 수밖에 없지요.

오세영 시인과 나

1995년 8월 런던과 로마를 거쳐 제네바를 여행할 때였다. 제네바에 도착해 하루를 묵고 여기까지 온 김에 몽블랑 정상의 만년설을 보고 가지 않는다면 평생 후회가 될 것 같았다. 스위스 국경과 인접해 있는 프랑스령의 샤모니로 가서 케이블카를 타고 해발 3,843m의 에귀드미디 영봉 정상 휴게소에서 내려 만년설과 얼음을 밟았을 때다. 발밑으로 파노라마처럼 펼쳐진 빙하 계곡을 내려다보았을 때 순간 나를 압도한 것은 흰빛이었다. 눈을 뜰 수가 없었다. 눈을 감아야만 방금 햇빛에 반사되어 내 눈으로 숨어들어 온 빙하의 흰빛을 내 몸속으로 가둬 둘 수 있다고 생각했다. 순간 나는 머릿속에서 언어를 떠올려 보려고 했지만 아무 언어도 떠오르지 않았다. 명색이 시를 30년이나 써 왔는데 아무런 말도 생각나지 않았다. 나는 계속 눈을 감고 있었다. 눈 덮인 만년설의 냉락감(冷落感)은 느낌 그대로 태초부터 있어 왔던 원시성으로 거슬러 올라가는 마음 감각에서 비롯되고 있었다. 이상한 일이었다. 그 순간 섬광처럼 오세영 시인의 시 한 구절이 떠올랐다.

누가 지펴 놓았을까 눈 속 불덩어리

그 장엄한 순간에 오세영 시인의 시 한 구절이 머리를 스쳐

가다니. 「산정 묘지」를 쓴 나도 막상 만년설 앞에 서니 헛거구
나 하는 쓴웃음이 나왔다. 발아래는 그야말로 하얀 눈과 빙하
의 바다이다. 한없이 굽이쳐 간 저 광대한 흰색은 뛰어넘을 수
도 없고 부숴 버릴 수도 없는 무한의 허공 같은 구렁이었다.
빙하기의 하얀 시대의 지구는 바로 저 절대적인 침묵 같은 흰
색이었을 것이다. 그 태초의 색, 아무도 시로 재현해 보지 못
한 싱싱한 무명의 색에서 시인은 시작과 탄생을 동시에 잉태
하고 있는 타오르는 불을 보았을 것이다. 사실 위의 구절은 지
금도 내가 정확하게 기억하고 있는 구절이 아니다. 어디선가
읽은 제목도 기억나지 않는 오 시인의 이런 구절도 생각났다.

　　1월이 색깔이라면
　　아마도 흰색일 게다.
　　아직 채색되지 않은
　　신의 캠퍼스.

　그 이듬해 찌는 듯한 여름 멕시코 여행에서 마침 버클리대
교환교수로 미국에 머물던 오세영 시인과 과달라하라 대학에
서 합류해 마야 유적지 치첸 이사 피라미드 신전 꼭대기를 올
랐을 때도 불가해한 불덩이를 도처에서 느낄 수 있었다. 제목
이 '튜울립'인지 무슨 꽃 이름의 시인데 정확하진 않지만 오 시
인의 이런 시구절이 떠올랐었다.

　　누굴까 저 꽃 빛깔, 잘 얼려 놓은 불

멕시코는 오직 여름의 장소, 영원히 늙지 않는 새빨간 타마린꽃들이 사시사철 정남의 태양 밑에서 피는 곳. 이곳을 나는 1996년 겨울에 몇몇 시인들과 다녀왔다. 멕시코 과달라하라 대학과 주 멕시코 한국 영사관이 공동 주최한 '한국시 주간' 행사에 참가하기 위해서였다. 근 10여 일 간 멕시코에 머물며 나는 타마린꽃의 꽃 빛깔에 취해 있었다. 그 꽃 빛깔이 영원히 시들지 않도록 얼음에 얼려 놓고 싶은 심정이었다. 이미 오 시인이 먼저 쓴 것이 아닌가. 꽃을 얼려 놓은 불로 감득해 버린 시인의 천부적 인식에 놀라울 밖에! 불을 얼린다는 것. 시인은 불의 결빙을 꿈꾸며 점멸하는 대우주의 의미를 넘나들고 있었다.

사실 '불'의 이미지는 오 시인이 등단 초에 낸 첫 시집『반란하는 빛』에서부터 집요하게 연작으로 나타나는 이미지이다. 불은 가까이해 보면 태고부터 물질 상태이고 떨어져서 보면 정신 상태가 아닌가. 그 불은 '지펴 놓은' 불이면서, 때로는 '얼려 놓은' 불의 얼굴로 변주되고 있었다. 그의 시 대부분은 이 '지핌'과 '얼림'이라는 이중적 구조 속에 위치해 있다. 오세영 시의 한 축인 '지핌'의 시는 수직적이다. 신도 있고 자아가 인식할 수 있는 존재의 높이도 있지만 그것이 너무 높아 그는 차라리 '얼려' 둔다. '얼림'의 시는 금욕적이다. 대부분 동양 정신의 해석학적 지평과 마음이 닿아 있다. '지펴 놓고' '얼리는' 상승과 하강의 이중적 움직임이 나는 그의 시에 구조적으로 작용하고 있다고 본다.

오세영 시인과 나는 문단 등단 초에 '6시' 동인으로 짧게나마 함께 활동한 바 있었다. 그와 오랜 지기인 이건청 시인의 후배인 내가 같은 목월 문하생이라는 연분 때문이기도 했겠지만 갓 등단한 신인을 동인에 끼워 준 것은 행운이 아닐 수 없었다. 후배 시인을 편하게 해 주는 선배 시인으로 나는 오 시인을 꼽는다. 오 시인은 늘 만나도 그 옛날 보성여고 교사 시절의 해맑은 청년의 미소를 볼 수 있고 스스럼없이 근 40년을 가까이 지내 온 처지이다. 시를 쓰는 인간의 가장 순수한 덕목은 무장하지 않은 마음을 가질 때라고 한다. 딜런 토마스는 어릴 때 BBC 라디오 방송을 통해서 귀에 익힌 낱말, 한 5백여 개가 평생 그의 시의 밑천이었다. 시를 쓰기 위해 지식을 섭취하려고 시론을 읽고 두꺼운 책들을 쓰는 행위는 천성과는 다른 행위일 것이다. 나는 이 천성의 시인으로서 오세영 선배를 존경해 왔다. 시인이 공부할 책은 대자연 속에 있다. 오 시인의 시를 읽으며 그가 즐겨 써 온 5백 개 내의 낱말을 찾아볼 것을 후학들에게 권하고 싶다. 좋은 시인은 가장 단순됨, 가장 단순됨을 늙지 않도록 그대로 심성에 보존하고 있다.

이건청 시인과 나
—시는 사람이다

    이건청 선배를 생각하면 맨 앞자리에 양정고등학교의 은사였던 김상억 선생과 목월 선생을 같이 떠올리지 않을 수 없다. 목월 선생은 해마다 학교에서 개최해 온 '월계 문학의 밤' 초빙 문인으로 와 강평을 해 주신 단골손님이었고 후에 나를 시단에 내보낸 스승이지만, 김상억 선생은 교실에서 고등학교 국어를 가르치며 문예반 학생들을 지도하고 계셨던 분이다. 이건청 선배는 고등학교 문예반 6년 선배였다. 이 고참 선배는 이미 학교를 졸업했건만 해마다 가을 '월계 문학의 밤' 행사가 열릴 즈음에는 학교로 찾아와 헌신적으로 행사 준비를 지도해 주었고, 연말이면 우리와 같이 인쇄소를 오가며 교지 편집에 큰 도움을 주었다. 나는 김상억 선생이 『현대문학』 1956년 4월호에 시 추천을 받은 시인이란 사실도 잘 몰랐고 '현대문학상' 제1회 수상자라는 사실도 모른 채 그저 어렴풋이 선생을 흠모하며 교실에서 시 얘기도 듣고 국어를 배웠지만, 이건청 선배는 김상억 선생의 유일무이한 고교 시절 제자로 학교를 졸업한 후에도 사제지간의 끈을 놓지 않고 있었다. 천부적으로 선한 심성을 타고난 이 전인적인 인간은 청년 시절부터 늘 세상에 겸손했고 자연과 사물에 대해서도 검약스러운 사고의 균형을 잃지 않았다. 헌신과 성실의 전형이랄까. 라이너 마리아 릴케가 그랬다. 나한테 수없이 말한 라이너 마리아 릴케라는 독일 시인.

이건청 선배의 정신적 은사였던 시인 김상억 선생은 시는 많이 쓰지 않았지만 릴케 신봉자였다. 김상억 선생은 풋내기 우리 문학 소년들에게도 숨이 탁 막히도록 늘 시의 엄격성을 강조하신 분이었다. 그분의 시에 대한 섣부른 허욕과 금욕, 엄격성을 고스란히 자양으로 삼은 이가 이건청 선배였다. 그리고 그 엄격성, 결백성, 염결성을 고스란히 내게 전수해 준 이가 이건청 선배였다. 그때 나는 15살의 소년이었다.

나는 고교 문학 소년 시절 무수한 나날을 이건청 선배가 살고 있던 오류동 집을 찾아다녔다. 당시 오류동의 옛 이름이 소사였던가. 시청 앞에서 105번 버스를 타고 1시간 30분을 가야 오류역에 도착했다. 거기서 20분을 걸어가야 야트막한 야산 밑에 선배의 집이 있었다. 이 선배는 약속도 없이 찾아가도 일요일에는 늘 집에서 시를 쓰고 있었다. 누런 황토 빛 원고지에 눈발처럼 휘날린 듯한 필체로 쓴 시들이 스크랩북으로 족히 가슴 높이까지 쌓아 올려져 있는 골방에서 시 이야기를 듣다가 야산에 올라 산책도 하다가 늦은 시래깃국 저녁을 먹고, 어느 날에는 서울로 가는 막차 버스 시간을 놓쳐 오류역에서 기차를 타고 서울역으로 돌아오기도 했다. 이 선배나 나나 시단에 미등단 상태이긴 했지만 시를 쓰는 한 선배를 만나기 위해서 왕복 4시간의 시간을 이 세상에 바쳐도 아깝지 않던 그 시절은 내게는 다시 돌아올 수 없는 너무도 아름다운 시절이었다. 시는 내게 사람이었다.

그 어린 시절 어쩔 수 없이 나는 목월, 상억, 그리고 이건청

이란 문예반 선배, 이 삼자의 자장 안에서 문학의 싹을 틔우고 말았다. 시를 쓰고자 하는 마른 마음의 씨앗이 껍질을 깨고 조그마한 싹을 틔우듯이……. 그것은 우연이라기보다 릴케 식대로 말한다면 운명적이다.

이형기 선생 회고담

1980년대가 저물어 가는 늦겨울 동숭동 직장에 이형기 선생이 찾아오셨다. 오랜만에 만났다. 동숭동을 지나다가 조 형이 이곳 문예진흥원에 근무하는 것이 생각나 보고 싶다 하셨다. 시단의 선배님께서 새까만 후배에게 커피를 사신다니. 차를 시키고 나시더니 다짜고짜로 "잘 읽었어. 하이네의 유언시. 잘 읽었소." 하신다.

선생은 내가 시단에 등단하고 부산 항만사령부에서 군대 생활을 하던 1971년도 벽두 『동아일보』 시 월평 난에 내 시에 대한 평을 해 주신 분이셨고, 부산 시인들의 앤솔로지 『남부의 시』 창간호에 (내가 부산에서 근무한다는 이유로) 나를 부산 시인협회 회원으로 삼아 시를 실어 주셨다. 나중에 제대 후 내가 서울로 귀향했을 때, 우리는 한국시인협회에서 또다시 만나게 되었다. 선생과 나와의 인연은 거의 시인협회와 관련된 행사나 그와 관련된 일과에서 맺어지고 있었다. 박재삼 시인이 관철동 바둑집에서 1년을 허비하거나 선생이 하릴없이 백지에 흰 볼펜으로 시를 쓰거나…… 나는 어린 나이에 공손하게 선생들을 맞이했다. 전국 시인 수가 4백 명도 안 되는 시절이었으므로. 그 당시 시인들은 전국에 흩어져 살았다.

나는 기억도 나지 않는다. 내가 무슨 시를 발표했는지. 다만 시작 노트에 하이네의 유언을 길게 인용했었던 것 같다. 그 당시 선생이 잘 읽었다는 시. 내 시가 아니라 시작 노트에 적어 놓은 하이네의 유언시를 보시고 흥분해 계셨는데, 내 시보다 시작 노트가 좋단 말씀이셨다. 그 시작 노트에 인용한 하이네의 유언시.

내 삶의 종말을 맞아
나는 유언을 하리라.
크리스찬답게
내 적에게 기념품을 보내 드려야지.
너희들 존경할 만한
유덕한 적에게
온갖 나의 병약과 병균과
그 밖의 고질병들을 상속시켜 주련다.
나는 너희들에게
핀세트로 배를 비트는 것 같은 아픔을 상속하마.
그리고 악성(惡性)의 방광염과
프로시아 식의 치질도 함께.
내 경론도 너희들에게 물려주련다.
침을 흘리는 버릇이며 수족의 풍증과 척추 결핵도
이것은 모두가 훌륭한 하나님의 선물이었으니까.

지금 이 유언시를 읽어 보니, 이 시는 사실 저주에 가깝다. 이런 시를 좋아하는 선생의 젊음을 나는 존경한다. 선생은 시적 투지를 자기 갱신의 모험으로 늘 과시하셨다. 이쯤 되면 서정시의 감미로운 정조(情調)를 깨고 현실을 도입하는 새로운 시정신의 변혁이『꿈꾸는 한발』이후 선생 내면에서 오랜 세월 진행되었음을 나는 중시할 필요가 있다고 생각했다. 1990년대 중반에 들어 내가 발표한「내 몸의 천국」이란 시에 대해서도 선생은『현대문학』월평을 통해 상찬을 늘어놓으셨지만 그 글은 당신 자신의 삶에 대한 아이덴티티를 확인하는 글이었다고 생각된다.

> 그는 눈을 감는다.
> 고개를 젓는다.
> 그는 몸 안의 굶주림을 키워 수치심을 막는다.
> 그를 먹여 살리는 것은 노여움.

선생은 시인이자 논객이자 언론인이자 교수였지만 그 외형적 삶의 이력과는 달리 허름한 서울의 변두리 노원구 월계동 삼창아파트에서 청빈하게 사셨다. 내 집이 수유리 화계사 밑이었으므로 가끔 시인협회 모임이 끝나면 댁 근처 호프집을 들르곤 했다. 나중에는 더 변두리인 방학동으로 이사하셨지만 중국 여행을 다녀오신 후 뇌졸중으로 쓰러지셨다는 소식을 전해 들었다.

병상에서 투병하며 동국대학교 결강을 하는 선생을 몇 년간 지켜보던 대학 교학처 측의 '이젠 더 이상 도와 드릴 수 없다'는 간곡한 사정을 알고 임영조 시인이 문예진흥원 내 사무실로 어느 날 찾아왔다.

"조 형! 어떡하지? 선생의 생계가 막막한데……."

우리는 서로 얼굴만 쳐다보며 큰일이라는 생각이 들었다.

"문예진흥원에 불우 원로 문예인 복지 지원 사업이 있는데 월 40만 원씩은 종신 때까지 도와 드릴 수 있을 거야. 헌데 선생의 자존심이 허락할까?"

내가 말했다.

"그건 내게 맡겨. 선생 모르게 신청할 테니까."

"그럼 이 사실은 선생이 절대 모르는 비밀로 하세나. 아시면 선생의 자존심에 큰 누가 될 테니까."

결국 선생은 11년 투병 끝에 2005년 2월 2일 영면하셨다. 장례는 방학동 성당에서 시인협회장으로 치러졌다. 나는 우이동 산 밑자락 도봉도서관 옆에 있는 호프집에서 대화를 나누던 그 옛날 정정했던 노익장의 선생을 또렷하게 생생히 기억한다.

한마디로 표현되는 삶은 없다. 선생의 삶이 그렇다. 시인은 갔다. 모습 없는 환한 모습으로. 이형기 시인. 그가 누구였는가. 한국 현대시는 이형기 시인의 시로 인해 허무와의 싸움이 시작된다. 허무의 뒷모습을 보여 준 시인 이형기.

새나
나무는 뒷모습을 보이지 않는다.
인간만이 뒷모습을 보인다.
새나
나무는 누워 있는 모습을 보이지 않는다.

뒷모습을 보이고 싶지 않던 시인

사후에야 나는 시인을 정면에서 본다.

─조 시인 나는 길을 걷다가 길에서 갈 거야. 아니 길보다
는 절벽 같은 곳에서.

─선생님 정말 그렇게 갈 수 있을까요.

─간다면 아마 집이거나 병실 둘 중 한 곳이 되겠지만 거
기도 절벽이겠지.

─절벽도 길이지요.

우리는 저물어 가는 우이동에서 호프 잔을 쩡하고 부딪
쳤다

─조 시인, 이거 알아 호프는 거품뿐이라고!

●호프(hope): 희망

─졸시, 「이형기 시인」 전문

나는 먹빛 속으로 의문사한다
―이동철의 먹그림

삭막한 겨울 풍경을 펜처럼 움켜쥔 마르고 억센 손목을
본 일이 있는가
20년 전 나는
라인에서 쾰른 대성당으로 가는 고속철에서
한일자로 밤을 긋고 가는 나목들의 뼈를 보았다
인식은 그 밤에서 출발하고 감각에 부딪혀 좌절한다

그 먹빛 같은 밤.
내 시는 익사한다.
그리고 그 밤은 인식의 시체로 떠오른다. 기억하고 싶지
않은 나의 부고.
세월이 흘렀고
나는 기일(忌日)을 잊었다.
그러나 우리 시대보다 훨씬 낮은 지층에서 석탄처럼 묻혀
있던 그 겨울 풍경이 내는
피아노의 c음을 나는 잊지 못한다.
　　　　　　　　　　　　　　―「아직 씌어지지 않은 밤」

시인 이동순 형이 그토록 몸에 아로새기고 싶어 했던 백석
의 갈매나 싸락눈 소리처럼 우리 시대보다 훨씬 낮은 지층에

서 석탄처럼 묻혀 있던 화가, 독일 유학 시절의 이동철. 중앙
대 후배인 그가 쾰른의 지하 골방에서 그린 한국 그림들에서
나는 전율을 느낀다.

칠흑같이 어두운 지하 갱도 그 밑바닥이 집히지 않을 정도
로 한없이 침전된 먹의 색조가 화폭에 전개되는 그 먹빛에 누
가 3백 볼트 전압에 가슴을 대인 것처럼 감전당하지 않겠는
가. 그 먹빛은 어둡고 곤고하다. 그러나 그 안은 누군가 붓으
로 쓸어 낸 듯 투명하다. 화면에 석탄처럼 검게 매장되어 있는
이 먹빛이 투명한 흑거울을 만들어 가고 있다는 점에서 그의
회화 언어의 고행은 고통스러운 삶의 무수한 붓질과 비례하는
실존의 고행이었다라고 나는 말할 수 있다. 삶이 아픈 시인은
제 살을 찢어 시의 말로 삼고, 삶이 아픈 화가는 제 살을 화폭
에 시멘트처럼 과묵하게 바른다. 존재의 제로 지점에 와 본 예
술가는 자기 실존의 투명성을 자각한다. 이 자각은 예부터 화
가들에게는 덧없이나마 세상에 참여하는 방식이 되어 왔었다.

이동철의 먹그림들은 인간 실존을 표현한 시적인 상형문자
와도 같다. 어찌 보면 해독이 불가능해 보이는 이들 암호들은
인간 존재 근거의 상실에 대한 형이상학적인 불안으로 통로가
없는 미궁처럼 보인다. 물론 그 미궁은 동서양이 지금도 가늠
할 수 없는 공간이다. 그의 그림들이 실존적 입장에서나 심리
학적, 정신분석학적 입장에서까지 논증화되고 독일 화단에서
큰 호감을 불러일으켰다는 사실에는 서구 정신의 감금된 실존
을 동양의 먹빛에서 찾아낸 그의 회화 정신을 간과할 수 없다.
온 화폭을 가득 시원스레 채우고 있는 이 이국적인 암울한 먹

빛은 서구인에게는 신비스러운 쾌감을 자아냈다. 살을 맞대고 있는 듯한 감동이다.

　서구인에게 검은빛은 물질이고 추상이다. 그러나 이 먹빛은 신비스런 내면의 전이 현상을 보이고 있다. 검은빛을 이 화가가 심리적 전이물, 아니 마음의 현상으로 수용하고 있었다는 얘기이다. 이동철의 먹그림에 나타난 이 먹빛은 흑자색(黑紫色)이다. 먹빛의 세부 묘사는 그것들의 물질성보다는 그 휘발성의 마술적 효과를 암시하도록 꾸며져 있다. 먹빛 자체가 아니라 먹빛에서 산출되는 심리적 효과를 노리고 그 속에 자기 존재 전체를 집어넣으려는 이동철의 패기만만한 기도는 극단적 허무에 봉착한 자아가 투영된 결과라 하더라도 가장 단단한 삶에 대한 열망과 어떤 종류의 반항도 따를 수 없을 만큼 강렬한 비순응의 투지까지 포함하고 있다고 보인다.

　이동철의 먹그림에서는 먹빛의 추이만이 중요한 것이 아니라 그 속에 화가가 임의적으로 개입시킨 어딘가 기우뚱한 자연 현실 풍경의 불안과 환상의 개념 또한 중요하다. 이 환상은 사물의 리얼리티와 이미지의 융합에서 솟구쳐 나오고 있다.

　그의 그림에서 수없이 등장하는 앙상한 나목들, 한때 무성했던 시간과 공간을 상실한 듯 허우적거리는 대지의 나무들, 웅크리거나 엉거주춤 서 있거나 이 세계와 화평하지 못한 불안정한 인간들, 그리고 집단으로 어디론가 모르게 불안하게 이동되는 벌거숭이 인간 군상들, 그 아비규환과 가망 없는 우리 시대의 표정들, 내 의사가 아닌 정체불명의 익명자에 의해 별안간 목적지도 모르고 이동되고 있는 불안에 엉킨 표정들,

그리고 늘 가까이 있으나 멀리 있는 불기, 그 불기를 쪼이고 싶으나 가늘게 타고 있을 뿐 전혀 온기를 느끼게 해 주지 않는 생명 없는 불, 검은 들판에 던져진 마른 어류들, 이런 표식들은 아주 단순하지만 강렬한 은유적인 힘을 간직한 채 극히 비일상적인 의미를 환기하는 방식으로 때로는 성서적인 모티프로 때로는 현실을 반영하는 사회적 자아의 투영물로서 그때그때마다 새로운 의미를 획득하도록 재창조된 심리적 환상물이다. 시간의 잎을 다 떨군, 아니 벌판의 강풍에 잎사귀를 다 강탈당한 듯한 거목의 뿌리 둥치와 막막한 하늘을 지평선으로 모아 상실과 절규를 함축하고 있으며 불모의 검은 대지 위로 쓰러질 듯 걸어가는 붕괴된 인간 그 혼자의 비틀거림, 절망의 구렁만 있을 뿐 빠져나올 방법도 구원도 없는 상황이 매 화폭마다 메타포로 변용되어 반짝인다.

화면 전체를 지배하는 검은 색조는 색조의 추이로만 남아 있는 것이 아니다. 그것들은 단순한 심리적 환상을 넘어서 서로가 서로를 반영하며 그것들 서로의 상태를 비추는 흑거울의 관계를 유지하고 있다. 그의 먹그림에서 투명하게 전개되어 온 이 지속성은 그가 세기의 종말을 바라보면서도 그 속에서 늘 새로운 시작을 준비했다는 각별한 의미를 띠고 있다.

나는 이동철이 세기말에 독일로 유학 간 화가라는 점을 강조하고 싶다. 이번 국내에 처음 소개되는 독일 유학 시절의 그의 먹그림을 보며 새삼 낯선 이국땅에서 (나 역시 그때 낯선 이국에서 새 천년의 빈 허공을 맞이했지만) 새 천년을 바라보던 젊은 눈 부릅뜬 화가 정신을 발견한다.

이동철은 자신의 회화를 위해 모든 것을 버리고 남들이 불가능하다고 생각하는 높은 기준을 설정하고 홀홀 던지고 공부하러 떠났다. 그리고 자기 자신을 넘어서고자 하는 바둥거림과 만족할 줄 모르는 배고픔을 견디며 그림만을 그렸다. 밥 대신 허기를 먹으며 그림만 그렸다는 것, 그것은 그가 그린 것을 인정받기 위해서만이 아니다. 더 중요한 것은 그의 삶 전체가 오직 그리는 일에만 의지해 있었기 때문이다.

반복적 서술과 리듬

욕심이 나서 비교적 규모가 큰 연작시나 긴 시를 쓰게 되는 경우 나는 대개 관현악곡을 듣는다. 실내악이나 피아노 모음곡에서는 시적 고양을 지속시킬 수가 없다. 긴 음악은 인내가 필요하다. 「산정 묘지」 연작을 쓸 때가 그랬다. 꼬박 5년에 걸쳐 30번으로 완결 짓는 동안 내가 들었던 음악은 구스타프 말러의 교향곡 9개와 브루크너의 교향곡 9개, 그리고 바그너의 「리벨룽겐의 반지」, 중세 종교음악들이 그것인데 평소에는 손이 잘 안 가는 음반들이었다. 귀의 인내가 필요한 곡들이다.

긴 시를 쓰기 위해서는 좋은 시집을 다시 읽는다. 단테의 『신곡』은 어느 부분을 펼쳐도 시 쓰기 전 마음의 환경과 분위기를 워밍업하는 데 도움이 된다. 횔덜린의 『빵과 포도주』, 발레리의 『해변의 묘지』, 릴케의 『두이노의 비가』는 집중력, 전봉건의 『속의 바다』(문원사)는 좋은 피아노곡처럼 펴 본 시집 가운데 하나였다.

이들 긴 음악들과 긴 시들에 공통적으로 보이는 것은 웅장하고 구성을 방대하게 하기 위해 대개 교향적으로 만들어져 있다는 점이다. 이들 시집들은 시인이 의도했든 아니했든 시의 방대한 구성에서 느껴지는 음악적 물줄기를 시의 호흡으로 받아 마시고 있다. 20편의 연작시 전봉건의 「속의 바다」를 예로 들어 본다.

1.
아마
나는
싸울 것이다
산양은
날래겠지
얼마나 날랠까
해는 하늘에 있고
하늘에 해는 있고
우리는 나란히 드러눕겠지
뿔 분질러지고 깨진 산양의 머리
나는 수없이 구멍 뚫린 누더기
나는 볼 테지
피
죽는 산양이
토하는 것은 검은 피일 테지
왜 핏빛 피가 아닌가
왜 현실의 털처럼
검은 핀가 왜 검은 핀가
해는 하늘에 있고
검은 피의 공포가
나를 치켜세울 테지
바람 속에 퍼덕이는 한 장의 누더기
누더기 수없이 뚫린 구멍에서

바람은 울 테지 소리칠 테지

허나 없을 것이야

내가 비틀어 죽일 나무

내가 죽으면서 죽여야 하는 나무

죽으면서 푸른 것을 쏟는 나무

그걸 산양이 마셔야겠는데

죽기 전에 그걸 마시고 산양은 죽으면서

핏빛 피를 토해야 할 텐데

그래서 나는 죽으면서 눕거나 엎디어서 구겨진 채

마침내 눈을 감아야 할 텐데

그래야 할 텐데

하늘에 해는 있는데

없을 것이야 없는 것이야

땅에는 없는 것이야

없는 것이야

　전봉건은 이렇게 말했다. 시는 주장이 아니다. 시는 내부의 핵심에서 끊이지 않는 가락을 다 내는 노래라고. 이 시의 음악성은 어미의 반복과 변주가 환기시키는 가락에도 있지만 반복되어 발전하는 이미지와 의미의 전개 과정에서 나오고 있다. 다른 시를 통해 구체적으로 보자.

　새벽의 검은 우유, 우리는 저녁에 마신다

　낮에도 마시고 아침에도 마시고 밤에도 마신다

우리는 마시고 또 마신다

우리는 공중에 무덤을 판다 거기서는 좁지 않게 누울 수
있다

한 남자가 집 안에 산다 그는 뱀을 가지고 놀고 글을 쓴다

날이 어두워지면 그는 독일을 향해 마아가렛 너의 금빛
머리 그렇게 쓴다

그가 그렇게 쓰고 집 앞으로 나오면 별이 빛난다 그는 제
사냥개를 휘파람으로 부른다

그는 유태인을 휘파람으로 불러낸다 땅에 무덤을 파게
한다

그는 춤곡을 연주하라고 우리에게 명령한다

새벽의 검은 우유, 우리는 너를 밤에 마신다

우리는 너를 아침에 마시고 한낮에 마시고 저녁에 마신다

우리는 마시고 또 마신다

한 남자가 집 안에 산다 그는 뱀을 가지고 놀고 글을 쓴다

날이 어두워지면 독일에 글을 쓴다 마아가렛, 너의 금빛
머리여

슬람미, 너의 잿빛 머리라고 쓴다 우리는 무덤을 공중에
판다 거기서는 좁지 않게 누울 수 있다

그는 더 깊이 땅을 파라고 소리친다 너희들 이쪽은 땅을
파고 저쪽은 노래하라 연주하라

그는 허리띠의 쇠를 쥐고 그것을 휘두른다 그의 눈은 푸

르다

곡괭이를 더 깊이 파라 너희들 이쪽 너희들 저쪽은 계속
해서 춤곡을 연주하라

새벽의 검은, 우유 우리는 너를 밤에 마시고
낮에 마시고 아침에 마시고 저녁에 마신다
우리는 마시고 또 마신다
한 남자가 집 안에 산다 마아가렛 너의 금빛 머리
슬람미 너의 잿빛 머리 그는 뱀을 가지고 논다

그는 소리친다 더 달콤하게 죽음을 연주하라 죽음은 독일
에서 온 명수(名手)다
그는 소리친다 더 어둡게 바이올린을 켜라 그리고 너희들은
연기가 되어 공중으로 올라가라
그러면 너희들 무덤은 구름 속에 있고 거기서는 좁지 않게
누울 수 있다

새벽의 검은 우유, 우리는 너를 밤에 마시고
낮에 마신다 죽음은 독일에서 온 명수다
우리는 너를 저녁에 마시고 아침에 마신다 우리는 마시
고 또 마신다
죽음은 독일에서 온 명수다 그의 눈은 푸르다
그는 너를 납으로 된 총알로 맞춘다 그는 너를 정확하
게 맞춘다

한 남자가 집 안에 산다 마아가렛 너의 금빛 머리

그는 사냥개를 우리에게 몬다 그는 우리에게 공중의 무
덤을 준다

그는 뱀을 가지고 놀고 꿈꾼다 죽음은 독일에서 온 명수다

마아가렛 너의 금빛 머리

슬람미 너의 잿빛 머리

―파울 첼란, 「죽음의 푸가」

이 시에는 푸가라는 독일의 전형적인 작곡 방식을 연상케
하는 기법이 도입되어 있다. 시의 주제부가 먼저 제시되고 그
것이 발전되고 계속 반복되면서 주제를 확대하고 확산시켜 나
가는 구조를 지니고 있다. 푸가는 여러 선율로 하나의 주제를
체계적으로 반복하며 그것들이 합쳐서 짜임새를 보여 주는 음
악 형식이요 작곡 방식이다. 파울 첼란은 이 작곡 기법을 시 구
조에 대입시켜 가면서 죽음의 공포에 처한 인간의 상황을 한
층 더 고조시키고 있다.

시 도입부에서 동족을 지칭하는 '우리'는 검은 우유로 비유
된 가스를 매일 '마시고' 무덤을 '파고' 시체를 파묻고 춤곡을 '연
주한다.' 그 반대쪽에는 가스를 '마시게 하고' 무덤을 '파게 하고'
음악을 강제로 '연주하게 하는' 폭력 집단이 암시되어 있다. 이
강제 행위는 계속 발전된다. '밤에도' 마시고 '낮에도' '아침에
도' 마시고, 무덤을 파고 춤곡을 연주하게 하는 식으로 계속
반복하여 자행된다.

이 계속되는 반복 어귀, '마시고' '파고' '연주하는' 상황에 대한 반복적 서술은 공포를 더욱더 가중하는 데 기여하고 있다. 그다음 유의할 것은 유희성이다. 동족의 무덤을 파는 데 연주되는 춤곡의 강요와 같이 인간의 존엄을 희롱하는 이 유희 모티브는 사냥개를 휘파람으로 불러내듯 취급을 하는 데서 더욱 강조된다.

반면 이 시의 서술자로 대변되는 유태인인 '우리'와 지배자인 '집 안의 한 남자'의 상황은 대위 구조처럼 가해자와 피해자로 대비되어 있다. 그는 뱀을 가지고 노는 자이다. 뱀은 언제든 사람을 위협할 수 있고 물려 죽게 할 수 있는 손아귀에 쥔 폭력의 상징물이다. 그는 또한 '우리'를 감시하는 사냥개를 기르는 자이다. 그는 전형적인 게르만 민족의 정통성의 증거인 '파란 눈'을 가졌으며 날마다 독일의 애인에게 맘대로 편지를 쓸 만큼 여유 있는 자이다. 이 시에서 '뱀' '검은 우유' '무덤' '삽질' '납 총알' 등의 이미지는 모두 죽음의 모티브이다.

반복적 서술은 이미지와 의미의 층위를 두텁게 하고 번식하면서 읽는 이로 하여금 음악적 리듬을 느끼게 해 준다. 「산정 묘지」를 쓸 때가 그랬다. 쓰고 나서 몇 번이고 소리 내어 읽으며 고쳐 나갔던 기억이 새롭다. 「산정 묘지」는 높이의 시학이자 말의 교향시 같은 시다. 기본 틀은 시의 어조를 통해서 나타내고 있는 상승에 대한 억제할 수 없는 욕망이다. 꽃, 나무, 산, 산봉우리, 새, 음악들은 "치솟으며 치솟으며" 상승을 꿈꾸고, 또 반대 방향으로는 감옥 땅, 계곡, 절벽, 구릉, 폭포들이 있다. 수직적 상상력을 가동시켰다. 신이 있고 자아에 대한 인식이 가능할 수 있는 저 높은 곳을 향해 오르는 것과(1번), 너무 높고 너무 어렵기 때문에 다시 내려가는(30번) 이중적 움직임 속에 시를 위치시켰다.

밤은 그의 옆구리를 독살했다.
밤은 그의 옆구리에 수술 가위를 집어넣은 채 봉합해 버렸다.
밤은 그의 옆구리에 검은 장미를 심어 버렸다.
밤은 피 칠한 손을 냇물에다 던져 버렸다.
밤은 시커먼 냇물을 벌컥벌컥 마셨다.

이제 그의 옆구리는 꿰맨 돌의 환상을 가진다.
이제 그의 옆구리는 결박한 밧줄의 환상을 가진다.
이제 그의 옆구리는 꿰맨 자국 감쪽같은 바늘의 환상을 갖는다.
그는 독살된 것이다.
그는 진공청소기로 지워졌던 것이다.
이제 그의 옆구리는 수술 가위에 대한 회상을 가진다.
신경이 없는 고무장갑에 대한 회상을 가진다.

그는 자기가 독살될 거라는 환상에 잡혀 살아왔다.
저 거대한 대지(大地)의
암흑 침대에 사지를 버둥거리고 누워
하늘에서 내려뜨려진 링거 줄이

가시투성이 장미 줄기같이 보였다.

밤은 이제 자신의 눈을 독살할 차례다.
밤은 이제 자신의 눈에 돌멩이를 처넣고 봉인할 차례다.
밤은 이제 자신의 눈에 두 개의 못을 심어 놓을 차례다.
밤은 이제 자신의 옆구리를 모래처럼 흘릴 차례다.

이제 밤은 흰 붕대에 대한 환상을 가진다.
이제 밤의 눈은 박힌 못에 대한 환상을 가진다.
밤은 이제 자신의 손가락이 쇠사슬처럼 지상에 번식될 거
라는 환상을 가진다.
그 손가락은 저 거대한 지상(地上)의
암흑 뿌리에서 자라 올라
하늘에서 내려오는 링거 줄을 움켜쥐고
주삿바늘을 자신의 손목에 꽂는 것처럼 보였다.
—「산정 묘지 27」

빈털터리 마음과 언어

1.

하이쿠의 대가 바쇼는 문하생들에게 "형상(이미지)을 먼저 보이고 마음은 뒤로 감추라"고 충고했었습니다. 설명하지 말고 묘사하라는 것. 의미는 뒤로 감추고 모습(形)을 먼저 보이라는 것이지요.

하이쿠는 눈으로 보고 손으로 만질 수 있는 것들을 묘사하여 보여 주지만 한 줄의 풍경은 우리의 내면으로 흘러들어 와 마음의 눈을 열어 줍니다. 스쳐 지나가는 것들에게 다시금 눈을 돌리게 하고 인간보다 하찮은 존재로 여기던 작은 생명체에게서도 생명의 아름다움이 있다는 것을 눈뜨게 해 줍니다. 하이쿠 시인의 역할은 바로 모든 존재들의 이야기를 귀 기울여 듣는 것, 세상 만물을 자세히 들여다보는 것입니다. 자세히 들여다보고 그 본질에 한 발자국 다가서는 것이 시인들의 궁극적 지향점이었지요. 이들은 시의 검객이었습니다.

흰 이슬방울 함부로 짓밟지 마렴. 여치야
—고바야시 이싸

내 집은 너무 작아 내 집에 사는 벼룩들도 식구 수를 줄이네

―고바야시 이싸

죽은 자를 위한 염불 잠시 멈추는 사이 귀뚜라미가 우네
―소세키

가을 허수아비 배 속에서 우는 귀뚜라미
―바쇼

내가 경전을 읽고 있는 사이 나팔꽃은 최선을 다해 피었
구나
―쿄로쿠

이것이 결국 내가 살 집이더냐. 눈이 다섯 자
―고바야시 이싸

나그네라고
나를 불러 보는
이른 겨울비
―바쇼

도끼질하다 향기에 놀랐다 겨울나무 숲
―요사 부손

하이쿠는 우황청심환 같은 서정시이지요. 불과 열일곱 자에

불과한 극소 지향의 시. 하이쿠에서 묘사는 중요한 표현 방법임에는 틀림이 없습니다. 묘사는 단순한 관찰에 의해 획득되는 것이 아니라 내적인 자기 억제의 결과물이라는 사실을 알아야 합니다. 하이쿠에서 우리가 배울 점은 말의 절제를 통해 소통을 시도하는 그들의 언어관입니다.

2.

요즘 나는 마음 자체를 빈털터리로 만들어 가려고 하고 있습니다. 이건 내 나름대로 도에 이르겠다는 건방진 생각이 아닙니다. 아주 어려운 일이지만 시인의 마음 상태란 늘 그런 상태가 되도록 생활하는 사람들이 아니겠습니까.

구세주(酒)

그린칭에서 칼렌베르크를 올라가 보면 너무나 평화로운 자태로 포도나무들이 햇빛을 받고 있다. '정말 포도는 이런 곳에서 키워야 돼'라는 생각이 들 정도로. 호이리게(Heuriger)는 이곳 포도밭들에서 수확한 포도로 만든 햇포도주 또는 햇포도주를 파는 선술집을 일컫는 말.

그린칭으로 가는 길. 그린칭은 비엔나 시내에서 조금 떨어진 전원 마을. 마을 뒤편으로 비엔나 숲이 펼쳐진다. 그린칭 주변에서 찾아가 볼 만한 곳은 우선 그린칭 공동묘지이다. 위대한 작곡가 구스타브 말러, 그의 부인이었던 알마 말러-베르펠, 오스트리아의 유명 배우인 아틸라 회르비거, 역시 배우인 하이모토 폰 도더러, 작가인 토마스 베른하르트가 이곳에 영면하여 있다. 아인슈타인이 잠시 살던 집도 있다. 그린칭은 또한 베토벤이 살았던 곳이다.

약 200년 전 요제프 2세 황제가 허가하여 자가 포도주를 생산해 판매를 하던 선술집이 많은 마을이다. 빈에서 매우 저렴하고 분위기 있는 선술집들이 많은 것으로 유명하며, 지금도 여름 저녁이면 이곳의 선술집들을 찾는 이들이 많다. 와인 한 잔과 물 한 잔의 가격이 비슷하다. 이곳에는 호이리게가 많다. 영어로 표현하면 와인 태번(wine taverns, 햇포도주를 파는 식당)이란 뜻으로 술집 앞에는 모두 간판에 소나무

가지를 꺾어 걸어 놓고 있다. 술집 내부에서는 백포도주와 각종 음식을 판매한다.

　보졸레 누보는 리옹 근교까지 펼쳐진 보졸레 포도 산지에서 나오는 햇포도주를 말한다. 4-5일 간 발효시키고 4-5주 숙성시켜 출하한다. 11월 셋째 주 목요일이면 프랑스 전역에 식당이나 슈퍼에 보졸레 누보가 도착했다는 안내문이 나붙는다. 목요일 자정부터 전 세계에 일제히 판매되는 프랑스의 햇포도주. 보졸레는 프랑스 제2의 도시 리옹 바로 위에 위치한 동네다. 보졸레 누보란 프랑스 남부 부르고뉴 보졸레에서 그해 8, 9월에 수확한 햇포도로 단기간에 숙성시켜 만드는 와인으로, 누보는 'New'라는 뜻. 그해 첫 와인이라는 데에 의미가 있으며, 매년 11월 셋째 주 목요일 0시에 그러니까 다음 주 목요일에 전 세계적으로 출시되는 것을 말한다. 2차 세계대전 직후, 와인에 굶주린 보졸레 지방 사람들이 그해에 생산된 포도로 즉석에서 만든 데서 시작했다고 하는데, 매년 11월이 되면 식당마다 문 앞에 '보졸레 누보가 출하되었다'라는 푯말을 붙인다고 한다. 프랑스는 물론 전 세계에서 유명한 햇포도주를 마시기 위해 사람들이 몰려온다. 보졸레 누보가 우리나라에 처음 수입된 것은 1996년. 불과 3년 뒤인 1999년, 한국은 프랑스에서 전체 생산된 보졸레 누보 6,000만 병 중 약 3%에 달하는 200만 병을 수입해서 마셨다. 기독교국도 아닌데 구세주(酒)의 나라일까.

삶의 기술

삶에 기술이란 게 있을까. 성공적으로 잘 사는 기술이란 게 있을까. 인생에서 성공을 원한다면 먼저 그것을 여는 열쇠를 찾아라. 열쇠는 바로 당신의 삶 속에 숨어 있다.

비가 부슬부슬 내리는 새벽 1시경 필라델피아의 어느 조그마한 호텔. 밤늦은 시각에 노부부가 문 두드리며 하룻밤 투숙을 원했다.

"하룻밤 지낼 수 없는지요?"

딱한 사정에 처한 노부부를 보고 우리는 어떻게 대처할 것인가.

"지금 이곳에서는 컨벤션이 열려 호텔마다 초만원입니다. 저희 호텔도 만원이지만 지금 시간이 새벽 1시인데다 비까지 내리고 있으니 두 분을 밖으로 나가게 할 수도 없군요. 괜찮으시다면 제 방으로 들어가 쉬시지요."

호텔 프런트의 젊은 직원이 선뜻 자기가 기거하는 방을 내주는 것이었다.

다음 날 아침 노부부는 지난밤 근무했던 그 청년 직원의 인적 사항을 알아보고 고마움을 전했다. "당신 같은 젊은이는 미국에서 제일가는 호텔의 매니저로 일해야 마땅할 사람입니다"라고 말하고 헤어졌다.

그 젊은이는 그 사실을 까마득히 잊은 채 카운터에서 일했고 2년의 세월이 흘렀다. 어느 날 청년은 2년 전의 그 노부부로부터 뉴욕 왕복 기차표가 들어 있는 한 통의 편지를 받았다.

"차표를 보내니 부디 이곳으로 잠시 와 주시오."

뉴욕에 도착한 젊은이를 맨하탄의 중심지로 데리고 간 노인은 거기 새로 생긴 한 고층 건물을 가리키며 말했다.

"이 건물이 바로 내가 2년 전 당신에게 약속했던 호텔이요. 내 호텔을 맡아 주시오. 오늘부터 당신은 이 호텔의 총지배인입니다"라고 말하는 것이었다. 뜻밖의 일에 어리둥절한 젊은이는 2년 전 비 오는 밤 숙소를 찾아 헤매던 노부부의 일을 다시 더듬어 보았다.

이렇게 해서 죠지 볼트라는 젊은이는 윌리엄 월도프 아스토에 의해 세워진 세계 제일의 '월도프 아스토리아 호텔'의 초대 총지배인이 된다.

친절과 상냥함은 삶을 사는 기술이다. 남에게 신뢰를 얻는다는 것, 그것이 삶을 사는 기술이다.

향적사…… 향기로 지은 절

왕유의 시 「과향적사(過香積寺)」를 읽는다. 이렇게 이름이 아름다운 절이 있을까. 향기가 쌓인 절이라니. 중국 장안의 동남쪽 종남산(終南山)에 있는 절이다. 이름만 보자면 향적사는 형체가 없는 절이다. 향기에 무슨 형체가 있겠는가. 절이라면 정신을 모시거나 신념을 모시거나 그 신앙의 대상을 모셔야 할 텐데, 어이하여 향적사는 그냥 향기들만 쌓아 놓았는가. 왕유의 시 「과향적사」를 보자.

　不知香積寺　향적사가 있기는 한 건지 모르겠다.
　數里入雲峯　몇 리 구름 드리운 봉우리로 들어와 찾아 헤
　　　　　　　매는데.

찾다 찾다 지친 마음에 향적사는 이름부터 심상찮은 절이더니, 세상 사람들이 그저 만들어 낸 말이 아니었던가. 어떻게 향기로 쌓은 절이 있을 수 있겠는가.

향적사를 아느냐, 도중에 만난 행인에게 물어도 모른다고 말한다. 분명히 거기 있다고 누군가 말했는데, 모두들 고개를 절레절레 흔든다. 그러면서 몇 리 험한 길을 걸어걸어 들어왔다. 눈을 부릅떠도 찾을까 말까 한데 구름이 가득하니, 지금 여기가 어디인지도 알 수 없다. 이 봉우리 전부가 향적사

이던가?

> 古木無人巡　늙은 나무들만 서 있고 사람이 가는 길이 없
> 　　　　　　는데
> 深山何處鍾　깊은 산 어디선가 종이 울린다.

　나무들만 우거졌고 사람 길이 없으니, 거기 절이 있을 리 없다. 그런데 이 깊은 산속에서 어딘지는 모르겠으나 종이 울린다. 이 시에서는, 후각과 청각은 극도로 예민해져 있다. 길을 찾는 건 눈이다. 그런데 눈에는 눈을 가로막는 고목들만 보일 뿐이다. 향적사 따위는 없구나 하고 깊은 산에 주저앉아 절망할 즈음에, 종소리가 들려온다. 절에서 치는 종이렷다. 그렇다면 향적사가 없을 리 없다.

　왕유는 첫 행에서 인간의 짐작을 끊고, 그다음 구름으로 인간의 시선을 끊더니, 이제는 인간의 발길을 끊어 사람 자취 없는 심산을 만들었다. 그리고는 종소리를 울려, 그 심산 어딘가에 있는 향적사를 들려준다. 향기로 쌓은 절은, 더더덩 우는 소리가 되어 심산을 감싼다. 향기로 쌓은 절은 눈으로는 볼 수 없겠으나 소리로는 들을 수 있지 않겠는가.

> 薄暮空潭曲　저녁답 굽이치는 연못들이 사라지듯
> 安禪制毒龍　느긋이 앉아 좌선하니 사나운 용이 순해지네.

　솔직히 말하면, 왕유가 이렇듯 제 하고 싶은 말을 다 해 버

리지 않았으면 좋았겠다 싶다. 그러나 이 시인은 사실 이걸 말하고 싶어서 향적사를 꺼냈는지 모른다. 안선(安禪)을 이쯤에서 생각해 본다.

세상에 있는 모든 허상들을 다 내려놓고 진실을 향해 비월(飛越)하고 싶었던 시인은, 인간의 지식과 감각의 한계를 안개 속에 숨은 향적사로 드러내 보인다. 향적사는 바로, 마음에 지은 절집, 그리하여 '없는 절집'이다. 종소리가 들렸다고 그걸 찾은 건 아니다. 종소리를 따라가면 그 끝에 그 절집이 매달려 있는 것도 아니다. 절은 딴 곳에 있다. 향적사는 눈으로 찾을 수 있는 절이 아니다. 그러면 어디에 있는가. 왕유는 '빛'을 지운 자리에서, 문득 그 답을 찾는다.

햇살이 옅어지니 굽이치던 계곡 못들이 사라진다. 햇살이 계곡 물길의 수면 위에 비칠 때 그토록 선명하던 그 굽이들이 어둠이 오자 홀연 사라져 버린다. 계곡이 텅 빈 것 같다.

'박모(薄暮)'란 '눈을 반 감은' 좌선의 포즈를 닮았다. 하늘이 반눈을 뜨고 계곡을 비워 버리듯, 나 또한 그렇게 안선에 들어서, 마음속에 굽이치는 용을 다스리리라. 향적사에 갈 무렵, 왕유는 마음이 들끓고 생각이 소용돌이치지 않았을까. 빨리 이 절집에 들어 '우황청심환'을 복용하듯 약발 좋은 위로를 받고 싶었는지 모른다. 그러나 향적사는 나타나지 않았고, 만난 건 그의 감각에 걸린 감질나는 징후들뿐이었다.

그러다 저녁이 되었을 때 문득 주저앉아 깨달음에 이른다. 용처럼 굽이치며 흐르던 계곡의 물길이 홀연히 사라진다. 이우는 햇빛이 그걸 보여 준다. 나 또한 내 부질없이 예민한 촉

수들을 거두고 들어앉으면 나를 괴롭히던 사나운 생각들을 진정시킬 수 있지 않을까. 향적사 향기 한 가닥이 코끝에, 곱게 스민다. 잊지 못할 풍경이다.

나의 시 나의 문학

내가 내려가고자 하는 그곳의 인간들이 그렇게 부르듯이 나는 〈몰락〉해야만 한다. 마치 너처럼.

그러니, 나를 축복하라. 넘치는 행복도 질투하지 않고 바라볼 수 있는 조용한 눈이여!

이 잔을 축복하라. 너의 환희의 빛을 온 세상에 뿌려 줄 황금빛 물이 넘쳐흐르는 이 잔을!

보라! 이 잔은 다시 비워지기를 원하며, 짜라투스트라는 다시 인간으로 되돌아가기를 원한다.

—이리하여 짜라투스트라의 몰락은 시작되었다.

　　　　　　　　—『짜라투스트라는 이렇게 말했다』서설

아주 어린 시절 나는 철없이 '낙관적' 낭만주의와 '감각적' 갈망에 머리를 파묻은 채 1970년『현대시학』을 통해 시단에 등단했다. 세밀히 적어 보면『현대시학』이 창간된 1969년 9월에 1회, 1970년 4월에 2회, 10월에 3회 추천을 완료한 것이다. 그 당시엔 3회 추천을 받아야 시인으로 등단 자격이 주어졌다. 시가 무엇인지, 시인이 무엇인지도 모른 채 나는 길바닥에서 태어났다. 그게 바로 등단이다. 등단이란 곧 앞으로의 찬란한 방황을 의미한다. 앞으로 시를 쓰고 살아야 할 먼 길, 그 길이 인간으로서는 가치 있는 길이지만 '막힌 길'이었다는 걸

깨닫는 데에는 오래 걸린다. 나의 시 나의 문학. 이 강의는 방황의 기록이요 듬성듬성한 흰 머리칼의 회고다. 나의 등단 과정을 기억해 본다. 철없이, 문학이 좋아서 문학 소년이 되고 글쓰기에 맛 들이며 세상 걱정 없이 나는 나를 표현해 내고 있었다. 해맑고 해맑은 가을 하늘에도 천둥은 숨어 있다. 먹구름도 숨어 있다. 맑은 대낮에 내가 하늘 높은 곳에서 본 것은 어둠과 천둥소리를 감춘 먹구름이었다.

바싹 말라 버린 오늘의
새가 날아가는 나뭇가지에
앙상한 내가 보이고
나뭇가지 앙상한 내가
빛나도록 살을 씻어 내며
오래오래 달리고 달리고
나는 새가 날아가 버린 방향을
바라보는 눈이었다.
　　　　　—「새」(1969.9.『현대시학』 1회 추천작)

마른 새 떼들이 공중을 날아간다. 그 새들 중 하나는 나 같다. 나는 나뭇가지가 되어 방금 내 위에 앉았다 날아가 버린 새를 생각한다. 아니 날아가 버린 방향을 생각한다. 어딘지도 모르는 방향이 바로 내가 앞으로 살아가야 할 방향일 것이라 생각하며.

이 짧은 8행의 시에서 나는 앞으로의 내 삶의 불안감을 본다. 시적 기교 면에서 "나뭇가지 앙상한" '나'라는 이미지에는 의미가 겹쳐 있다. 3행 나뭇가지에 "앙상한 내가 보이고" 이 구절 역시 "바싹" 마른 나뭇가지와 '나'를 중첩시킨 것이다. 소외감이란 관념을 포개 놓은 것이다. 7행 "새가 날아가 버린 방향"도 어떤 부재감(不在感)을 강조하기 위한 장치다. 그걸 한 없이 "바라보는 눈"은 어떤 상실감의 무한 확대에 기여한다고 믿었다.

이 시를 초회 추천작으로 뽑은 목월 시인은 이 시에서 언어와 이미지의 중첩을 통해 소외된 존재성을 눈여겨보아 주었다.

두 번째 추천작을 쓸 무렵에 나는 색채어가 지닌 감각과 상상력의 증폭을 위해 감각의 실험을 하고 있었다. 그 세계는 미지의 어둠을 향한 감각의 여행이었으나 새로움을 향한 패기를 보여 주려 했다. 푸른 꽃, 푸른 횃불, 푸른 빛, 푸른 이빨, 푸른 손바닥, 푸른 불, 푸른 손톱, 푸른 별 등등. 절망을 이겨 내는 정신성을 모두 푸른 색채어로 표현했다.

    푸른 꽃은 보이지 않고
    그 자리에
    푸른 횃불이 타고 있었다.
    무늬 지은 수천의 불길이
    칼자국이 되어
    바라보고 있었다.
    푸른 빛으로 암흑이 살아나는 그 자리에,

암흑 속에서 나는 꽃을 푸른 이빨이라 부르고 있었다.

흙에 심장을 부딪쳐 낼 수 있는 목소리로,

암흑이 암흑 위에서 눈을 뜨고

꽃을 푸른 이빨이라 부르는 소리,

그 소리는 분명히 보이고 있었는데,

나는 알고 있었다.

나를 껴안아 줄 당신의

두 팔은 들판에 누워 있다고

소리가 말해 주는 것을

암흑에 눌려 부드럽게 말라 가는

푸른 손바닥과 팔이 있는 것을

빛 속에서

휘파람 부는 별이 있다는 것을,

나는 사면 벽에 별의 눈을 가진 다섯 개 손톱으로

무늬 지은 푸른 불 속으로

스미는 암흑처럼

만져 보고 있었다.

들판에서 흐느끼는 젖은 흙들이 있었던 푸른 손톱을

가시와 가시로 짜이는 암흑이 있었던 푸른 손톱을

꽃 속에서도 암흑을 보는 푸른 손톱과

흰 뼈만 남은 여자가 있었던 푸른 손톱을

그리고 부서진 심장을 흐르는

따스한 피들이 있었던 푸른 손톱을,

들리지 않게 말하는 소리들이여

푸른 별의 눈을 가진 다섯 개 손톱은

부패하지 않는 사면 벽에 문신을 새긴다.

사면 벽에서 잠드는 가시들을 만지면서

소리들은 날카롭게 만날 것이다.

푸른 이빨이 암흑을 물어뜯고

가시 속 찢어진 혈관을 흐르는

피들이 푸른 빛으로 식어 가는 시간과

날카롭게 만날 것이다.

그리고 별빛의 껍질이 떨어지는 사면 벽에 불을 켜고

별의 눈을 가진 다섯 개 손톱들은

살이란 살은 다 찢어 버린 육신의

가시 수풀을 짤 것이다.

푸름 위에 푸름을 눈뜨는 그 자리에

—「별의 눈을 가진 다섯 개 손톱」

(1970.4.『현대시학』 2회 추천작)

내가 걸어가고 있을 때, 비에 젖은 가로수가 발바닥을 말리며 햇빛 속으로 따라오고 있었어, 나는 갇혀 있는 5월의 우체국 길을. 주머니에 가득한 햇살을 만지면서 걸었어, 그 전에 내가 머문 시절에 못을 박았어. 햇살은 식어 있었어. 안소니 파킨스 얼굴이 지워져 있는 이 흑판, 그 벽까지 내가 먼지를 흘리고 돌아왔을 때, 내가 흘린 먼지들이 내 길을 따라

기어 나오고, 누나, 누나 어디에서나 햇살은 식어 있었어, 이
놈의 흑판, 젊음이 깨어진 얼굴을 그리면서 아무도 보이지
않는 방에 들어가 울었어. 울면서 나는 들었어. 가로수의 소
리침, 소리의 문 뒤에 하얗게 지워지는 햇살들, 지워지면서
다시 흘러내리는 내 얼굴의 면각(面角)을 건져 내면서, 나
는 하얗게 비어 가고 있었어.
　　　　　─「흑판(黑板)」(1970.10.『현대시학』 추천 완료작)

　추천 완료 소감에 나는 "난파되어 가는 젊음의 항공모함에
서 북을 치며 가라앉는 기분"이라 적었다. 그 속에서도 나는
노래 부르리라고 비장한 각오를 비치기도 했다. 『현대시학』은
1969년 4월에 창간된 시 전문지였다. 다른 등단 경로도 있었
지만 『현대시학』을 택한 것은 당시로서는 최초의 시 전문지의
제1호 시인이 되고 싶은 생각과 주간 전봉건 시인에 대한 흠
모도 적잖이 마음에 작용하였다. 후에 첫 시집을 낼 때 제목으
로 삼은 「비를 바라보는 일곱 가지 마음의 형태」 연작시는 등
단 후 처음 발표(『현대시학』, 1971.1)한 시이다. 이 시는 모두
일곱 개의 시로 연결된 시다.

　　하나

　　새앙철 지붕으로 쏟아지는 쇠못이여
　　쇠못 같은 빗줄기여
　　내 어린 날 지새우던 한밤이 아니래도 놀다 가거라

잔디 위에 흐느끼는 쇠못 같은 빗줄기여

니 맘 내 다 안다

니 맘 내 다 안다

(중략)

둘

풀밭에 떨어지면

풀들과 친해지는 물방울같이

그대와 나는 친해졌나니

머 언 산 바라보며

우리는 노오란 저녁 해를 서로 나누어 가졌나니

오늘 먼 산 바라보며

내가 찾아가는 곳은 그대의 무덤

빈 하늘 가득히 비 몰려와

눈알을 매웁게 하나니

　　　　　　—「비를 바라보는 일곱 가지 마음의 형태」 부분

첫 번째 시에서 나타나는 이미지는 쇠못 같은 빗줄기이다. 그것은 생철 지붕 위에 떨어지면서 그 청각음이 증폭된다. 그 소리가 환기시켜 주고 있는 심상은 잔디 위에 흐느끼는 빗소리로 내면화되어 "니 맘 내 다 안다"라는 대상과 의식의 합일로 나타난다.

두 번째 시는 인식의 주체로서의 "물방울", 그것도 인간의 몸만큼이나 덧없는 여건을 구성하고 있는 곳이 "풀밭"이다. 거기 "무덤"이 있다. 두 인간이 함께 앉아 있었던 자리 한쪽이 비어 있다. 그 옛날 둘이서 바라보던 산은 이제 "머 언 산"이다. '먼' 산이 아니고 "머 언". 그래서 시의 화자가 바라보는 산은 그저 "먼" 산일 뿐이다. "머 언"과 "먼"이 하나의 시어의 울림 속에 나는 심상을 내면화해 보고 싶었다. 이 시에서 "저녁 해"를 단순히 '저녁 해'라고 표현하지 않고 "노오란 저녁 해"로 한 것은 곧 저문다, 또는 시든다는 다가올 어떤 무상함을 계산하고 있었기 때문이다. 언어를 머리로 다듬지 말고 감각으로 만지자는 의식이 머리를 떠나지 않았다. 만일 사과나무 가지에 사과가 열려 있다면, 만일 나뭇가지에 말이 주렁주렁 열려 있다면, 말을 따지 말고 마음으로 어루만져 주듯.

여섯

비 내린 풀밭이 파아란 건
풀잎 속으로 몰려가는 푸른 힘이 있기 때문이다
풀밭에 힘을 주는 푸른 손목이 숨어 있기 때문이다
풀밭이 노오랗게 시드는 건
힘을 주던 손목이 부러졌기 때문이다
나는 이 사실을 그대에게 보일 것이다.

"푸른" 풀밭이 "노오랗게" 변화하고 또 그 이듬해 다시 파랗게 생성되는 자연현상. 푸른색과 노란색은 만남과 헤어짐의 연속 같았다. 생성과 변화, 만남과 헤어짐. 이러한 변화는 육체를 가진 인간의 의식 속에서도 진행되는 변화일 것이다. 그러나 이 시는 무슨 현상학 개론을 설명하는 것이 아니다. 풀밭이 파란 것은 "풀밭에 힘을 주는" "푸른 손목"들 때문이라고 보는 시인의 '눈'이 중요할 것이다. 그 "푸른 손목"을 누군가 '바람'이라고 설명해 버리면 시의 맛이 증발해 버릴 것이다.

등단 당시 『현대시학』에서는 김춘수의 「처용단장(處容斷章) 1부」가 연재되고 있었다. 균형 잡힌 언어의 절제성과 균질된 형식과 틀을 유지한 채 매호 연재되고 있는 그의 시는 그 반복되는 리듬으로 음악(요람의 노래)을 느끼게 했지만 시의 지평을 오히려 좁히는 것으로 보였다. 그분의 시는 각기 한 편으로서는 좋으나 모아 놓고 읽으면 지루하다. 그게 내게 불만이었다. 구체적으로 김춘수의 시가 리듬의 반복에서 오는 언어의 주술성을 강조하고 있지만 내 눈으로 볼 때 그것은 자기 목소리의 반복, 또 반복, 자기가 자기를 베끼고 앉아 있다는 조심스런 무시 같은 것이 어릴 적 내 시 생각 속에서 일어나기 시작했다. 멜로디는 두세 번 들으면 곧 싫증이 나기 때문이다.

1의 1

바다가 왼종일
새앙쥐 같은 눈을 뜨고 있었다.

이따금
바람은 한려수도(閑麗水道)에서 불어오고
느릅나무 어린잎들이
가늘게 몸을 흔들곤 하였다.

날이 저물자
내 늑골(肋骨)과 늑골 사이
홈을 파고
거머리가 우는 소리를 나는 들었다.
베고니아의
붉고 붉은 꽃잎이 지고 있었다.

그런가 하면 다시 또 아침이 오고
바다가 또 한 번
새앙쥐 같은 눈을 뜨고 있었다.
뚝 뚝 뚝, 천(阡)의 사과 알이
하늘로 깊숙이 떨어지고 있었다.

가을이 가고 또 밤이 와서
잠자는 내 어깨 위
그해의 새 눈이 내리고 있었다.
어둠의 한쪽이 조금 열리고
개동백의 붉은 열매가 익고 있었다.

잠을 자면서도 나는

내리는 그

희디흰 눈발을 보고 있었다.

　　　　　　　　　　　—김춘수, 「처용단장」 제1부

1. 하나

시멘트 바닥에

그것은 바싹 깨어졌다.

중심일수록 가루가 된 접시.

정결한 옥쇄(玉碎)(터지는 매화포)

받드는 것은

한 번은 가루가 된다.

외곽일수록 원형(原形)을 의지(意志)하는

그 싸늘한 질서.

파편은 저만치

하나.

냉엄한 절규.

모가 날카롭게 빛난다.

(중략)

4. 시간

녹다 남은 눈.

소공동 공사장 구석이나
청파동 후미진 뒷골목이나
망우리 응달 그늘에
퍼렇게 살아 있는 한 줌의 눈.
돌아가는 시민들의
무거운 눈길에
고독한 응결, 한 덩이의 눈.
내일이면 사라진다.
사라질 때까지의
허락받은 시간을
어린것들의 부르짖음 같은 눈.
오늘을 더럽히지 말라.

—박목월, 「사력질(砂礫質)」

정신은 점점 위독해진다
창밖의 일몰, 여섯 시 이십 분의 재
사내가 항구에서 피우고 있는 감옥의 담배
사람들 속에 섞여서 누워서
피우고 있는 감옥의 담배
모든 것을 제압하고 무시하고
뻑뻑 피우는 담배
재떨이에는 여섯 시 이십 분까지의 재
머리끝의 재
교회당 꼭대기의 재

조금 있으면 곧 떨어질

여섯 시 삼십 분의 재

발바닥까지 재를 떨구는

암담한 여섯 시 삼십 분까지의 재

—조정권, 「겨울 저녁이 다시」

언어를 다루는 시인으로서 나는 스승 목월을 당연히 춘수의 머리 꼭대기 위에다 높이 두고 있었다. 고교 시절부터 원효로의 목월 선생 댁을 들락거리며 사사를 받아 온 터이어서, 나는 이미 선생의 언어에 대한 준엄성에 늘 머리 쳐들지 못하고 길들여져 있었다. 목월 선생은 김춘수의 무의미 시론에 아주 회의적이었다. '무의미시란 있을 수 없다'며 김춘수의 시에 대해 대척적인 사고를 가졌던 분이었다. 의미가 없는 이미지는 없다는 것. 어떤 이미지에도 의미가 있다는 것. 언어는 이미지에 봉사하며 의미에도 봉사한다는 것. 시란 말(언어)에 봉사하는 삶의 소중한 발언이라는 것. 그만큼 언어의 엄격성을 강조하셨다. 선생은 시라는 준엄한 틀 속에서 엄격한 언어 의식을 갖출 것을 우리에게 요구하셨다. 나중에야 나는 선생이 요구하는 언어의 엄격성을 시의 기본예절로 너무 묶어 버린 나를 알게 되었다. 언어에 묶여 버린 나. 나를 너무 묶어 놓거나, 너무 묶여 있었다는 이 자각된 구속감은 스스로 해방을 필요로 했다. 하지만 벗어나려 하면 더 구속될 뿐이다.

첫 시집은 등단 7년 후에 냈다. 목월 선생은 이 첫 시집 서문을 써 주면서 "천재적 자질의 편린" 운운하며 나를 들뜨게

했다. 그것은 더 큰 구속이었다.

　조정권 군의 작품에는 시인으로서의 천재적 자질의 편린이 번뜩거린다. 「백지」에서 엿볼 수 있는 지극히 조숙한 총명, 「근성」, 「75년 5월」을 비롯하여 그의 작품 구석구석에서 찾아볼 수 있는 이미지의 강렬성, 언어에 대한 지극히 개성적인 민감한 반응과 행간의 긴장감은 그가 범상한 시인이 아님을 충분히 증명해 주는 것이다. (중략) 나는 그가 한국시의 새로운 지평을 열 것이라 확신한다.

　꽃씨를 떨구듯
　적요한 시간의 마당에
　백지 한 장이 떨어져 있다.
　흔히 돌보지 않는 종이지만
　비어 있는 그것은
　신이 놓고 간 물음.
　시인은 그것을 10월의 포켓에 하루 종일 넣고 다니다가
　밤의 한 기슭에
　등불을 밝히고 읽는다.
　흔히 돌보지 않는 종이지만
　비어 있는 그것은 신의 뜻.
　공손하게 달라 하면
　조용히 대답을 내려 주신다.
　　　　　　　　　　　　　　　　—「백지 1」

내 초기 시의 대표작으로 운운되는 「백지」. 이 시는 목월의 영향권에 속해 있다. 첫 시집에 실린 초기 시들은 지금 보면 불만투성이이다. 이 불만은 토씨 하나하나까지에 대한 준엄한 목월 선생의 꾸짖음에 대한 역작용으로 나오는 불만이다. 나는 전봉건의 언어 마술사 같은 말 다룸, 말맛 살피기 그런 쪽으로 도망가고 싶었다. 나는 전봉건 선생을 시 잡지사가 있던 충정로 골목이나 제기동 집으로 자주 찾아다녔다. 나를 등단시켜 준 시 잡지 주간이기도 하지만 그가 내게는 내 틀을 파괴시켜 주는 시인 같았다. 그는 시를 밖으로 풀어내고 있었다.

1.
아마
나는
싸울 것이다
산양은
날래겠지
얼마나 날랠까
해는 하늘에 있고
하늘에 해는 있고
우리는 나란히 드러눕겠지
뿔 분질러지고 깨진 산양의 머리
나는 수없이 구멍 뚫린 누더기
나는 볼 테지
피

죽는 산양이
토하는 것은 검은 피일 테지
왜 핏빛 피가 아닌가
왜 현실의 털처럼
검은 핀가 왜 검은 핀가
해는 하늘에 있고
검은 피의 공포가
나를 치켜세울 테지
바람 속에 퍼덕이는 한 장의 누더기
누더기 수없이 뚫린 구멍에서
바람은 울 테지 소리칠 테지
허나 없을 것이야
내가 비틀어 죽일 나무
내가 죽으면서 죽여야 하는 나무
죽으면서 푸른 것을 쏟는 나무
그걸 산양이 마셔야겠는데
죽기 전에 그걸 마시고 산양은 죽으면서
핏빛 피를 토해야 할 텐데
그래서 나는 죽으면서 눕거나 엎디어서 구겨진 채
마침내 눈을 감아야 할 텐데
그래야 할 텐데
하늘에 해는 있는데
없을 것이야 없는 것이야
땅에는 없는 것이야

없는 것이야

　　　　　　　　　　　　　　—전봉건, 「속의 바다」(1967)

　말의 낭비벽을 억제하려는 자제력은 목월, 춘수, 봉건 시인
이 내게 똑같이 훈시해 준 대목이다. 목월은 말의 경제학으로
가서 자각된 방법론을 주장하지만 틀 속에서 굳어 있다. 이 굳
음이 나에겐 불안한 것이다. 김춘수의 시적 자아는 유년의 서
정에 바탕을 두고 있다. 성장을 두려워하는 서정적 자아가 갑
갑하다. 전봉건은 틀 속에 있지만 그 틀을 밖으로 활짝 열어
놓고 있다. 그가 예술가이기 때문에 프레임이 필요했을 뿐. 그
러나 활달하게 언어를 밖으로 풀어내고 있다.

　그 당시 말의 억제력을 결여하면서 쏟아 낸 참여시, 민중시
들은 일종의 산문이라는 인상을 지울 수가 없다. 그런 시에 대
해서 나로선 말할 처지도 아니었다. 그러나 초기부터 말을 억
제하려는 시인으로서 자각한 말의 경제학은 극기와 견인에 의
해 내 안에서 길러지고 갇혀 갔다.

　열한 시 이후부터 밤은 마당에 혼자 남는다.
　지샐 곳이 없는 나뭇잎들이 구석에 모여
　구석에 깃든 어둠을 한층 더 짙게 한다.
　이런 밤엔 누구와 자도 잠들 수 없다는 것을 나는 안다.
　돌멩이가 가득 찬 밤하늘이 내리누르는
　납덩이같은 어둠 때문만이 아니다.
　유난히도 마당 구석에 진하게 모여 있는 나뭇잎의 어둠

때문만이 아니다.

　이런 밤엔 기댈 곳이 없는 사람들은

　저마다 제 뿌리를 그리워한다.

　기댈 곳이 없는 모든 것들이

　차가운 흙 위에 등을 깔고 누워

　흙속의 어느 따스한 품을 간절히 생각하고 있다.

　　　　　　—「어둠의 뿌리」(제2시집 『시편』)

　1977년부터 나는 '공간사'에 입사해 최순우 국립중앙박물관장을 정신적 스승으로 모시고 있는 건축가 김수근 문하에서 근무하다가 1983년 문예진흥원 문학미술부장으로 직장을 옮겼다. 건축 예술 종합지 『공간』의 편집부장으로 일하며 나는 한편으로 고미술과 고건축에 눈을 뜨기 시작했다. 아니 정확히 말한다면 현대건축, 무용, 미술, 특히 불교 미술, 불교 건축, 민화, 사찰 건축 등등 우리 예술에 깃든 한국적인 조형 정신과 한국인이 예부터 지니고 살았던 조형적 사고를 보는 마음에 조금씩 눈을 떴다고 할 것이다. 시인으로 이런 곳에서 한국미의 멋스러움을 눈으로 보고 체득한다는 것은 내 시적 토양을 이루는 데 도움이 될 것으로 믿었다. 6년 간 근무했지만 실상 그동안 이런 데에 눈을 돌리고 공부했다고 해야 할 것이다. 훨씬 세월이 흐른 후에 발표하게 되지만 시 「독락당」은 이 시절의 자양분이 된 정신의 토양에서 얻어진 작품이다.

　독락당(獨樂堂) 대월루(對月樓)는

벼랑 꼭대기에 있지만

옛부터 그리로 오르는 길이 없다.

누굴까, 저 까마득한 벼랑 끝에 은거하며

내려오는 길을 부셔 버린 이.

—「독락당」

이 시에 대한 평론가 최동호 교수의 해설을 보자.

　시 「독락당」은 조정권이 추구하는 세계의 모습과 성격을 단적으로 보여 준다. 독락당 대월루를 글자 그대로 풀이하면, 홀로 즐거움을 누리는 집이며 달을 맞이하는 누각이 된다. 독락당 대월루는 벼랑 꼭대기에 있으며 예로부터 그리로 오르는 길이 없다. 이 세계의 범상한 장소와는 괴리된 곳, 이 세계의 질서로부터 벗어난 곳이다. 말하자면, 독락당은 정신의 산정을 의미하는 시적 공간으로서, 신성의 세계로 상승하기 위한 길목이 되는 셈이다.

　그런데 예로부터 그 까마득한 벼랑 위에서 은거한 이들은 왜 내려오는 길을 부셔 버린 것일까. 이에 대해서는 여러 가지 추측을 해 볼 수 있다. 한번 올라간 이상 포기하고 내려올 수는 없으므로, 유혹을 뿌리치기 위한 굳은 결심 때문이었을 것이다. 또 한편으로는 세속과의 연관을 모두 끊어 버리고 마음을 비운 상태이므로 되돌아 내려올 길의 존재가 필요치 않았기 때문일 것이다. 혹은 어쩌면 아예 내려가고 싶은 마음도, 내려갈 필요성도 느끼지 못해서였는지도 모른다. 그곳은 홀로의 즐거움으로 충만한 공간이기 때문이다.

하지만 어떤 이유로 내려오는 길을 부셔 버렸든 간에, 세상과 절연한 상태에서 홀로 까마득한 벼랑 끝에 은거하는 이의 정신적 경지는 속인의 흠모를 자아낸다. 내려오는 길이 없으므로 올라가는 길 역시 없음은 당연하다. 그 길은 오르려는 사람 각자가 새로이 닦아야만 하는 길이다. 독락당은 이름에서 보듯 여럿이 함께 오를 수 있는 곳이 아니다. 우리는 저마다 각자의 독락당에 올라야 하고, 또한 올라갈 수 있다. 저마다의 독락당으로 가는 길엔 앞서간 사람이 없으므로 오르는 길이 없고, 오른 후에는 어떠한 이유에서든 내려오는 길을 부셔 버리므로 거기에는 내려오는 길도 없다. 그러한 곳에서 시인 조정권이 추구하는 정신의 높이는 자유로움을 얻는다.

1985년 나는 세 번째 시집 『허심송』을 냈다. 이 시집에 실린 시 「수유리 시편」은 제5회 녹원문학상 수상작이다.

어느 새벽보다도 일찍이 화계사 숲 속의 약수터로
오르다가 보았다.
자색 안개에 휘감긴 아름드리 태고목들의 숙연한
전신 침묵을, 한결같이 그 주변에서 무릎을 꿇고 있는
큰 바위들의 단좌를.
그때던가 어제까지도 죽었다고 생각해 오던 고목들의
출렁거리는 뿌리 둥치께에서 놋쇠와 놋쇠가 부딪듯이

쩡 하는 소리를 들은 것은.

나는 걸음을 멈추고

이 겨울 내내 산중에서 두문불출하고 있는 어느 강철의 근육을 향그러운 쇠망치로 때려 깨우는 소리를 듣고 있었다.

—「수유리 시편」

1982년에 제2시집 『시편』을 내고 3년 만인 1985년 제3시집 『허심송』을 출간했지만 너무 이른 나이의 달관이란 비판과 '청년 노인'이라는 비아냥 소리를 들었다. 광주항쟁에 이은 사회적 혼란 시기에 '허심'이라니. 이 무슨 잠꼬대 같은 시가 있느냐는 것이었다. 그렇게 이 시집은 매장됐다. 그러나 나는 이에 대한 창작 심리의 반작용으로 1987년부터 「산정 묘지」를 발표하기 시작했다. 1988년에는 제4시집 『하늘 이불』을 출간했는데 이 시집으로 제20회 한국시협상을 수상했다(아이러니하게도 내게 시인협회상을 수여한 이가 김춘수 시인이었다). 그 이듬해에는 일본을 방문해 가와바타 야스나리가 『설국』을 쓴 설국의 현장 니가타를 방문했다. 「산정 묘지」 연작은 5년 간 내 서재 독정굴(獨井掘)에 박혀 아무도 안 만나고 쓴 시들이다. 한 편이 보통 100행이 넘는 이런 시를 쓰는 데는 혼자 스스로 자신을 구속하고 소외시키는 집율감이 필요했다. 나는 「산정 묘지」를 쓰면서 나를 풀어내는 법을 체득하게 되었다. 응축시키고 말을 억제하고 자제하려는 그 옛날 선생의 가르침으로부터 자유롭게 되었다. 아코디언이라는 악기는 안으로 응축시킬 때도 소리가 나고 밖으로 벌렸을 때도 소리가 나지 않던가.

1991년에 나온 다섯 번째 시집『산정 묘지』에 이르러서야 나는 서술 구조의 권위를, 그 도도한 힘의 권위를 서정시에서도 파동 치게 할 수 있다는 생각을 겨우 얻게 되었다.『산정 묘지』는 모두 30편의 연작시로 된 시집이다.

1.
5月은, 달리는 강물, 들소들의 콧김 소리.
오렌지색 무늬를 등에 두르고
달려오는 들소들의 거친 숨소리.
정오의 태양은 중천(中天)에서 곤두박질치며
들판에 화살촉을 날리고,
바람은 실로폰 소리같이
대지(大地)의 실핏줄을 터뜨려
이미 흘러간 냇물 줄기를 다시 끌어당기고 있다.
흙먼지 자욱한 바람 속에서
턱이 굳은 꽃들이 피고 있다.
아, 턱이 굳센 꽃들이 딛고 있는
땅덩어리 같은 힘, 그곳에서
고통이 나를 움트게 하고 나를 내딛게 한 것일까.
위대한 정신이여 오라.
영혼 속으로 방문하라, 두드리라.
지금 저 광막한 대지에서 북을 두드리는
강철 같은 타건(打鍵), 저 소리들이 귀를 단단히 하고
무르팍을 곧추세우게 하였는가.

자, 들어 보라, 그들이 오고 있다.

힘의 씨앗을 은밀히 마련하여

영혼 속에 기쁨을 부여하는 봄사냥꾼들,

북소리 울리는 대지를 두 발굽으로 들어 올리며

달리는 봄사냥꾼들이

끌어안으면서 넘쳐 버린 유리 빛 바다여,

위대한 정신이여, 다시 오라,

더 가까이 더 가까이

저 대지의 북소리 속에서

내 피를 푸르게 뛰게 하라.

거기서 내가 듣던 꽃들의 은밀한 타종(打鐘),

영혼의 마지막 날 하얀 성찬.

한 잎 한 잎 내 근심을 벗기어 주는

빗방울보다도 가볍고 작은 손들의 타종.

위대한 정신이여 한 번만 더 오라,

돌밭에 발굽을 찍으면서 달려가 버린

내 푸른 말 잔등을 한 번만 더

혼신의 힘으로 난타하게 해 달라.

난타하게 해 달라.

2.

하나, 우리들의 낮 속으로는 거대한 밤이 뒤따르고 있다.

내 시계는 벌써 밤이었다.

나는 몇 번인가 그 밤을 찾아갔다.

초침 하나가 정거해 있는 황막한 대지의

황량한 역,

거기에는 모든 시간들이 정거해 있었다.

내 시계는 벌써 밤이었고

무수한 사람들이 헝겊으로 눈을 가리운 채

까마득한 낭떠러지 밑의 어둠 속으로 인도되고 있었다.

그해 여름 내내 내 노트에는

쇳덩어리 같은 암흑이 응고되어 있었다.

다음 해에도 내 노트에는

쇳덩어리 같은 암흑이 응고되어 있었다.

우리들의 시계는 이미 밤이었고

초침 하나가 황막한 들판에서 녹슬어 가고 있었다.

나는 벌써 도착해 있었던 것이다.

그 후에도 나는 몇 번인가 그 밤을 찾아갔다.

황막한 들판과 계곡, 강물.

밤은 푸른 파충류의 처녀 같았다.

나는 그녀와 함께 강가에서

우윳빛 달을 하나 놓아 버리고

돌아왔다.

내가 갈대를 헤치고 강물 위로 띄워 놓은 소쿠리가

신(神)의 문간으로 도착하기를 기대하면서.

—「산정 묘지 3」

한겨울에 풍산(豊山)을 찾아가 보았다.

겨울 산이 앙상하게 강골을

드러내고 있더군.

오 풍성해라,

잎 다 진

뼈들은 투명해

눈부신 마음으로 내 잎은 잎이 무(無)가 된 뒤 노래 불

렀지.

아 얼마나 가벼울까

질긴 살덩이를 벗어났으니.

살들이 얼마나 홀가분할까

질긴 살덩이 다 잊었으니.

하늘에서 때마침 가벼운 눈 내려

겨울 산을 널직하고 편안하게 빨아 주더군

내 그리운 이 입술 무(無)가 되어 혼자 지을 미소 문득

떠올라

투명한 소주 한 잔 땅에 따랐지.

흙이 눈부시게 솟아올라

살을 훌훌 털어 버리더군

아 풍산은 얼마나 가벼울까.

뼈들은 얼마나 홀가분할까.

질긴 살덩이에서 놓여났으니.

—「산정 묘지 29」

시집 『산정 묘지』로 나는 1991년 제10회 김수영문학상과

제7회 소월시문학상을 동시에 수상했다. 그 이듬해인 1992년 겨울 독일 지역을 20일 간 기행하며 시인 횔덜린이 정신착란으로 40년 간 유폐된 삶을 살았던 튀빙겐의 횔덜린 탑을 찾아갔다. 이때의 여행을 모티브로 쓴 연작시 「튀빙겐 가는 길」로 제39회 현대문학상을 수상했다.

1. 길 편지

겨울 서주(序奏)를 알리는
눈송이들의 춤

나는 평생 갇혀 있을 것이다
암벽(岩壁)도 면벽(面壁)도 없는 길바닥에

2. 하얀 다리

대지가 얼고 강이 얼고 마을이 얼고

하느님이 하얀 색을 칠해 놓으셨다

창문을 열면

가없는 높이 위에서 흰 봉우리
넋을 빼앗다

오, 밤사이 하느님이
하얀 다리를 새로 놓으셨다

나는 걸어 들어간다
하얀 다리 위를

현실보다 현실다운 저 다리를

*

마을의 속살이 하얗다
(어느 겨울 자명(慈明)과 한밤 직지사(直指寺) 지날 때
도피안교(到彼岸橋) 그냥 넘기 죄송해 나 혼자 여관방으로
내려가 얼음물로 턱수염 밀어 버리고 이튿날 아침 지나갔지)

나는 길에게 패스포트를 보이고
통과한다

뒤에서 길이 껄껄 웃는다
'나는 가치 없는 영혼만 통과시키지'

(공산(空山)의 솔방울은
산 전체를 들어 올리지)

*

마왕(魔王)은 나를 불러 세워 놓고 빈 주머니를 뒤진다
하얀 가루는 없는가

(그대 허적(虛寂)의 세계를 아시는가?)

3. 밤 한 시의 횔덜린 하우스

하얀 시트 위에 백랍같이 탈색된 장미가 앓고 있다

천장 위에 매달린 링거 병에서 밤의 붉은 혈액이 조금씩
줄고 있다

수술용 가위가 장미 줄기를 자르고 급히 봉합을 서둘고
있다

창밖에서 말 대가리가 안을 물끄러미 들여다보고 있다

하얀 방 한가운데 나무 의자가 밤샘을 하고 있다

화병 속에서 노오란 꽃봉오리가 밤샘하고 있다

밤의 흰 붕대가 금시 붉어졌다 창까지 붉어졌다

소리 내지 마라

신이 버린
불덩어리 아들 미쳐 연소(燃燒)하느니

4. 봉함된 땅, 대지, 강을 지나며

재 구덩이를 들치며 너를 찾는다
너는 거기에 없다

눈 구덩이를 파헤치며 너를 찾는다
파랗게 퍼진 싹들, 거기에도 너는 없다

돌 구덩이를 들치면서 너를 찾는다
악문 뿌리들, 너는 거기에도 없다

얼음 구덩이 얼음장을 깨뜨리며 너를 찾는다
오, 얼음 속 거기

활활 갇힌 불덩이
너는 거기에 있다

5. 저녁 숲

마음 뒤에서 저녁 숲이 노래하기 시작한다.

나는 예감한다. 이제 얼마 있으면 집집마다 겸허하게
내건 등불들이 밤을 지배하는 계절이 다가옴을.
나는 걷는다. 마음의 조그마한 등잔을 받쳐 들고.
어둠을 지배하는 어둠이 있는 전나무 숲 속에는
살아 있는 가지를 해치지 않으려고 조심스레 피해 가던
성자(聖者)들의 샛길이 있다.
빈궁 속에서 소박함의 본질을 수행하며
영(靈)으로서 영(靈)을 느끼는 이들.
마음과 몸과 입술과 온 생명으로 침묵을 노래하는 이들.
궁핍한 시간 속에서 눈부신 화환을 엮어
누군가의 어깨에 얹어 주듯
환한 햇빛의 시간 속을 왕래하는
축복자들, 시인들.
성탑 앞에 이제 멈추어선 자여.
녹슨 철문은 굳게 닫혀 있고
너는 낯익은 문가에서
맨발로
땅에 입 맞추며 언 별을 올려다본다.
너의 눈길은 좀 더 추운 날들을 향하고
바람에 해진 옷자락 펄럭이며 너를 지나쳐 간다.

네가 건너간 다리는 벌써 어둠에 잠겨 버린다.

내 마음 뒤에서 뒤늦게 딸랑별이 노래하기 시작한다.

(중략)

7. 내 몸의 지옥

검은 교각 밑으로 불행한 몸뚱어리가 뛰어내린다.
이국(異國)에서 맞는 첫추위처럼 네 시의 첫 구절을 시
작하라.
지상에서 열매 머무는 날 길지 않으니
지상의 마지막 노래
입가에 머금어라.
살아 있다는 사실이 너에게 일생 술을 권하리라
너의 손목에 일생 진눈깨비를 뿌리리라.
입가에 미소를 지우리라.

너는 이 지상의 마른 꽃다발 하나 들고
오래오래 서 있으리라.
받을 사람들은 벌써 지나갔으며
네가 보낸 무수한 불면의 어둠이 쇠창살 같은
검은 숲을 이루어 밤을 덮칠 때
너는 진정 마지막 노래 준비했는가.

너의 날개는 헌 헝겊 같은 것.

그 헝겊 날개를 양 어깨에 달고

먼 동양에서

날아온 너는 12월의 밤을 잠 못 이루다 문득

호텔 문을 밀치고 나와

네카 강변을 거닐며

시시한 맥주보다

소주를 그리워하며

두 명의 횔덜린을 생각한다.

한 사람은 살아생전 죽도록 불행했던 무명의 횔덜린이고

또 한 사람의 횔덜린은

만인의 사랑을 받게 된 사후의 횔덜린.

너는 진정 어느 횔덜린이 되기를 원했느냐

머리를 돌바닥에 짓찧는다.

그 둘보다 잘 먹고 오래오래 살고 있는 너는

무엇인가 잃긴 잃었다.

돌아가거라.

이제부터 진정 너는 네 삶의 첫추위처럼 시의 첫 구절을
기록할 수 있겠는가.

부리 위로 퍼붓는 진눈깨비 언어로.

　　　　　　　　　　　　—「튀빙겐 가는 길」 부분

1994년 크리스마스 날 제6시집『신성한 숲』이 문학과지성사에서 출간되었다. 연말에 시집을 내는 시인은 늘 쓸쓸하다. 저 혼자로서 시집을 맞이하니까. 모두들 바쁜 세모에 나는 혼자 마음의 촛불을 켰다.

여느 새벽보다도 일찍이 수레를 끌고
숲으로 나갔다.
어둠이 걷히지 않은 하늘 위에는
희미한 하현달이 사위어 가고
별은 구름장에 가려져 있었다.
동이 트기에는 이른 새벽이었다.
내 당나귀가 간밤에 늦게까지 실어 나른
곡식들과 함께 곯아떨어져 있었으므로
나는 어둠 속에서 살결을 쓰다듬으며 깨웠다
소나무 껍질같이 거칠어진 잔등.
당나귀는 몇 번인가 새벽 공기 속으로
입김을 불며 흰 꽃을 피워 내고 있었다.

여느 새벽보다 이른 새벽이었다.
내 당나귀는 이상히 생각하리라.
먼동이 트고
쓰러진 잿빛 구름 기둥 틈 붉은빛 움틀 때
주인을 따라 수레를 끌었으므로.
하늘에서는 잿빛 구름장이 빠르게 이동하고

언 하늘에는 새벽별이 박혀 있었다.
얼음의 거울에서 수없이 눈 깜짝하는 빛.

어둠 속으로 나 있는 샛길은
아무도 들어가 보지 않은 길처럼
충만하고 은밀하다.
수없이 다니던 길이었다.
하지만 전혀 한 번도 다니지 않은 길처럼
빛이 감돌고 있었다.
낮익은 길도 첫길처럼 느끼는 수도 있으리라.

수레에 실은 곡식들의 예쁜 잠이
흔들리지 않도록
나는 조심스레 당나귀를 데리고 갔다.
숲으로 가는 언덕은 언제나 자갈길
내 당나귀가 몇 번을 울었는지
모든 희미한 빛이 지상에서 더욱 고요해지는
그 시각에 울음을 멈췄으므로
숲은 더욱 적요하고 고요했다.
공손해라, 가까이 왔다.
저 숲의 고요를 관장하는 그분에게
방정맞은 네 울음소리가 들려
고요를 깨워 놓지 않도록.

숲은 청수(淸水)하고 고요했다.
내 늙은 수레바퀴가 돌부리에 걸려
풍금 소리를 냈으므로
나는 사방 숲을 향해 수없이 사과를 하며 지나갔다.
조용해라.
어진 수레야, 네가 배운 공손함을 그분께 보여라.
먼 길을 가깝게 귀 대고 듣는 너희의 귀에
그분의 고요가 깃들이면
영혼은 즐겁게 자갈길을 노래하리라.

숲 한가운데로 들어서자 언 호수에서 빛이 일어서고 있
었다.
어둠 속에서 밤새들이 언 공기를 털어 내며
깃을 움츠린
그때 새벽별이 눈을 깜짝거렸으므로
나도 눈 깜짝이며 미소를 보냈다.
이제 조금만 더 있으면 동이 트리라.
천상(天上)의 노동에 참여하는 첫 일과는
움트는 빛을
착한 딸들과 함께
미리 마중 나가는 일.
나와 너희들은 수레에 실린 곡식을 내리며
천상에서 터지는 징 소리를
처음처럼 맞이하리라.

숲은 비밀스러운 부름이 있는 곳.
붉은빛이 나래치는 바윗가에서
부름 소리를 들으리라.
그 소리가 귀에 닿기 전 회리바람이 불어
앗아 가는 일은 없으리라.
하지만 기다리는 육신에게
신은 언제나
묵언(默言)으로 말할 뿐.
새벽빛 같은 눈짓으로
묵시(默示)할 뿐.

여느 새벽보다도 일찍이 별들은
광채에 싸인 숲길에 나타났고
내 착한 딸들은 먼저 나와 있었다.
나는 숲 가운데 언 호수를 지나
그분을 찾아갔다

—「신성한 숲 1」 전문

꽝꽝 언 겨울 숲에서
향기가 뛰어나온다.
숲 속을 거니는 새벽의 아들, 빛의 신랑이여.
내 착한 딸들이 들고 기다리는 꽃다발을 받으시라.
내 딸들이 마련한 조그마한 기쁨, 고요한 화려함.

화려함이 저 땅을 지향할 땐 천박하지만
성스러움을 지향할 때 오히려 경건하지 않은가.
그분 발밑에 놓여질 꽃아, 고개 숙이자.
고개를 숙인다는 것은
다가간다는 뜻.
그분이 직접 향기를 맡으시도록
옆으로 비켜서자.
어둠 속에서 떠오른 불은 제일 먼저 산봉우리를
숯불처럼 이글거리게 하고 언 호수 바닥을 붉게 비춘다.
오, 부셔라. 형체 없는 눈부심.
형체 없는 문.
빛이 모두 저리로 빠져나갈 것 같구나.

내 몸의 발은 저 문을 기억한다.
내 몸의 팔은 저 문을 기억한다.
숲 너머 더 큰 숲 속에
하늘을 찌를 듯 솟구쳐 올라간 빛들의 사원(寺院)을 지
키는 문을.
그 숲에는 네 개의 문이 나 있었는데
문마다 배흘림기둥 같은 수문장이 서 있었다.
거기에는 이렇게 적혀 있었다.
그분이 나를 문기둥 삼으셨으니
빛을 경멸하는 자 들어오지 못할 것이요
빛을 저버린 자 들어오지 못할 것이요

빛을 저주한 자 들어오지 못할 것이요

빛을 가린 자 들어오지 못하리라

다만 고통받는 자 이 문을 지나리라.

네 개 문에는 장님, 소아마비, 벙어리, 문둥이, 거지, 매혈자, 창녀 들이

법석거리고 있었는데

모두 밑창 빠진 영혼으로 가슴이 뚫려 있었다.

그 옆에는 날개가 땅에 끌리는 영혼들이 지친 듯 앉아 있었다.

그 표정은 어둠으로 단단히 결박되어 있었다.

나는 멍한 얼굴 중에서

아우를 들판으로 데려가 돌로 쳐 죽인 원시(原始)의 팔을

내 몸 안의 진흙 뿌리에서 기억해 냈다.

이 몸을 염해 주시고

진흙 뿌리에 밝음을 조금만 비춰 주소서.

그러자 저 위에서 음성이 들려왔다.

빛 가까이 오라.

가까이 오는 마음

내게 한 발 다가서는 것.

누군가 신음 소리를 내며 고통스럽게 외고 있었다.

가까이 있어도 잡기 어려운 빛.

날마다 날마다 내 신음 속에서 죽음이 익어 가고 있구나.

나는 그 소리 나는 곳이 어디인지 살피려고 사방을 둘러보았다.

문 옆으로는 계곡으로 올라가는 길이 나 있었는데

한참을 올라가 보니 사방에 얼어 터진 폭포들이 나타났다.

폭포들은 한결같이 바윗덩이를 끌어안은 채 얼어 있었다.

나는 거기서 아까 그 신음 소리를 낸 위엄 있는 가부장의 선사(禪師)를 보았다.

그는 혼잣소리로 중얼거리고 있었다.

평생 앉아 저 소리를 들었는데

저 소리를 열 수가 없구나.

그러자 저 위에서

음성이 들려왔다.

들어오너라,

너를 버린다면

네 눈이 소리의 귀를 열으리라.

눈부신 마음의 소리를

들으리라. 하나 그것이 무슨 소용이란 말인가.

그 소리는 마치 폭포 안에서 울리는 것 같았다.

근원은 위로부터 올라가 찾는 법,

저 위를 관장하는 분께 갈구하라.

네가 한 발자국 올라오면 그분은 두 발자국 내려오리라.

나는 내 몸의 진흙 뿌리가 내딛고 있는 발을

기억해 냈다.

새벽의 사원(寺院)은 살아 있었다.

차가움의 눈(雪) 조각을

문고리에 걸어 둔 신의 고요한 시선.

빛들이 거처하는 방.

방 안에는 황금 잎, 보석 박힌 잔, 수정 날개,

에메랄드 담긴 높은 그릇,

보혈을 받아 둔 붉은 주단이 놓여 있고,

좁은 통로를 안내해 주는 고요한 촛대가 보였다.

오, 그 밑에,

빛에 둘러싸인

불쌍한 기도가 엎드린 곳.

신생(新生)의 장소가 보였다.

　　　　　　　　　　　　　　　―「신성한 숲 2」 전문

　1997년에는 프랑스의 시 전문지『포에지』에「산정 묘지 1」이 파리 8대학 끌로드 무사르 교수의 번역으로 게재되었고, 불어 판『산정 묘지』(시르세 출판사)가 번역 출간되었다.『포에지』 에 내 시가 실렸을 때 프랑스 원로 시인 필립 자꼬테가「산정 묘지」를 읽고 무사르 교수에게 편지 한 통을 맡겼다. 이 편지 가 화제가 되어 불어판『산정 묘지』발간이 급속으로 진행된 셈이다. 자꼬테 시인의 이 편지는 친필로 나중에 전해 받았다.

　Cher Monsieur,

　juste quelques lignes pour vous dire mon emo-

tion en decouvrant les poemes de Cho, et combien
je comprends ce que vous ecrivez a ce propos, de
l'aide que peut nous apporter, en un moment de
crise interieure, une rencontres de ce genre. Donc,
merci. Nous ne nous sommes jamais rencontres,
mais je me souviens encore d'un livre de poemes
de vous, il y a tres longtemps, et d'autres traduc-
tions, dans cette meme revue don't je ne puis jamais
ecrire le titre a cause du sigle central que se refuse
a ma plume!

Avec mes cordiales

pensees

Philippe Jaccottet

귀하에게

　당신 시를 읽으면서 받은 감명을 전하기 위해 펜을 들었
습니다. 당신의 시를 읽으며 나는 얼마나 감동하고 있는지,
지금처럼 나의 내부가 위기 가운데 처해 있을 때, 이런 우연
한 만남으로 내가 얻은 힘은 얼마나 큰지 알 수 없습니다. 감
사합니다. 그래서 나는 당신에게 고맙다는 말을 해야겠다고
생각했습니다. 우리는 한 번도 만난 적이 없고, 내가 지난번
에 당신 시를 읽은 것 말고는, 당신은 내게 아주 낯선 사람
인데, 내게 이런 느닷없는 기쁨을 주는군요. 당신 시를 읽고

내가 받은 감동을 오래 기억하겠습니다.

필립 자꼬테

「佛 전문지『포에지』여름호 한국시만으로 특집 제작」(중앙일보, 1999.8.24.)

한국문학 특집호로 꾸며진 프랑스 권위의 시 전문지『포에지(Poésie)』(책임 편집위원 미셸 드기) 여름호(통권 88호)를 통해 소개된 한국문학이 프랑스 문학인에게서 주목할 만한 반응을 얻고 있다. 미셸 드기와 함께 프랑스 문학계의 저명한 시인으로 꼽히는 필립 자코테는 최근『산정 묘지』의 시인 조정권 씨에게 "당신 시를 읽고 내가 받은 감명을 전달하기 위해 펜을 들었다"며 편지를 보내왔다.

현지 출판사를 통해 팩스로 전달된 이 편지는 "당신의「산정 묘지」연작에 내가 얼마나 공감하고 있는지, 지금처럼 나의 내부가 위기 가운데 있을 때 이런 우연한 만남으로 내가 얻은 힘은 얼마나 큰지 알 수 없다"면서 "우리는 한 번도 만난 적이 없고, 내가 지난『포에지』80호에서 당신 시를 읽은 것 말고는 당신은 내게 아주 낯선 사람인데,『포에지』가 내게 이런 느닷없는 기쁨을 준다"고 썼다. 편지에서 보듯, 조정권 시인의 시가『포에지』에 실리기는 이번이 두 번째. 지난 97년 창간 20주년 기념『포에지』80호에 한국인 유학생 김희균 씨의 번역으로 옥타비오 파스 등 세계적 시인들의 시와 함께 처음 실렸다.

조 씨의 시에 대한 프랑스 시인들의 좋은 반응은 이후 미셸 드기가 민족문학작가회의의 초청으로 내한해 한국문학을 직접 접한 것과 함께 이번 한국문학 특집호 기획의 주요 계기가 됐다. 이번 특집호『포에지』에 소개된 한국 시인은 이상, 김춘수, 고은, 황동규, 정현종, 이승훈, 조정권, 이성복, 최승호, 송찬호, 남진우, 기형도 등등 12명.『포에지』가 77년 창간 이후 외국 시만으로 특집을 꾸미기는 이번이 처음. 또한 국내 재단의 출판비 지원이 전혀 없이 이뤄진 일이라는 점에서 의미가 더 큰 것으로 보인다. 조정권 씨는 "정신의 힘에서 우러나는 한국시의 광활한 힘을 제대로 옮긴 번역 덕분"이라고 공을 돌리면서도 "간간히 번역된 필립 자코테의 시를 읽고 좋아했던 터라 더욱 기쁘다"고 말했다. (이후남 기자)

2000년 4월에 시르세 출판사에서 발간된 불어판『산정 묘지』는 한대균 교수(청주대 불문과)와 질 시르 시인 두 사람의 공역이었다. 출판사가 보내온 계약금은 1,000프랑. 책이 나오자 프랑스 언론의 예기치 못한 반응이 있었다. 프랑스 3대 일간지 중 하나인『리베라시옹』의 문학 면 머리기사로 집중 소개되고 최고의 일간지『르 몽드』와 국영 라디오 방송인 프랑스 엥테르 방송에서 평론가 미셸 폴락을 초청하여 소개했다고 하는데 이런 사실은 질 시르 시인을 통해 한대균 교수와 대산문화재단으로 전달되었다.

〈높은 곳에서의 추락—상승에 대한 욕망과 절벽의 현기

242

중 사이에 끼어 있는 어떤 한국인의 시〉

프랑스에 전혀 알려져 있지 않은 시인들의 작품이 작고 소중한 초록빛 장정으로 벨포르에 위치한 시르세 출판사에서 소개되었다. 한국의 조정권 시인이 그 일례다. 그는 1949년에 태어났으며 1991년 출간된 『산정 묘지』는 다섯 번째 시집이다. 시 외에도 그는 음악과 미술에 많은 관심을 갖고 있으며 역자의 발문을 보면 "서구 발전의 원동력으로 인식되어 온 합리주의의 방식과 결과를 재평가"하여 그것에 대해 다시 생각하기 시작한 지식인 세대에 속해 있다는 것을 알게 된다.

그러나 무엇보다도 이 30편의 시가 우리에게 주는 충격은 오히려 조정권이 모든 어조를 통해서 나타내고 있는 상승에 대한 억제할 수 없는 욕망이다. 즉, 꽃, 나무, 산, 산봉우리, 새, 음악들은 "치솟으며 치솟으며"(「산정 묘지 14」), 또 반대 방향으로는 계곡, 절벽, 구릉, 폭포들이 있는 것이다. 조정권의 시는 수직적이다. 신이 있고 자아에 대한 인식이 가능할 수 있는 저 높은 곳을 향해 오르는 것과 너무 높고 너무 어렵기 때문에 다시 내려가는 이중적 움직임 속에 시는 위치한다. 간혹 오를 수조차 없어 이 낮은 곳에 감금되어 있으나, 다행히 시선을 통하여 자그마한 구원을 얻기도 한다.

옛날에 너 같은 놈이 또 이곳에 있었다. / 그놈은 아직도 쇠창살 속에서 살고 있다 / (중략) / 그놈은 쇠창살을 끊지 않고 있다. 일도 하지 않는다. 멍하니 산만 바라보고 있다. /

243

그래서 우리는 그놈을 내보내지 않고 있다. 내보내지 않고 있다. / 그놈은 산만 바라보고 있다. / 그놈은 우리와 멀리 떨어져 있는 산과도 같다.(「산정 묘지 26」)

　'참회록'이란 부제가 붙은 28번 시편에는 시인이 이 모든 것들을 겪은 후 마침내 도달하게 되는 모습을 보여 준다. "주 (主)여 저는 백 번 만 번 값없나이다. / 천 번 만 번 값없나이다." 그러나 값이 없다는 것은 또 하나의 기회이며, 이곳의 사물과 인간의 가증스런 거래와는 아무런 관련이 없다는 확신성이다. 여기에서 서구 합리주의에 대한 비판을 찾아볼 수 있을 것이다. 조정권은 영문학 전공자였음에도 불구하고 게르만적임을 드러내고 있다. "나는 샛눈을 뜨고 횔덜린의 답안지를 보았고 / 게오르크 트라클, 하이네, 구스타프 말러, 바그너 / 모차르트도 곁눈질로 보았다."(「산정 묘지 28」)

　다른 곳에서는 쇼펜하우어와 니체를 인용하기도 한다. 낭만주의와 표현주의를 동시에 물려받았으면서도 반복적 산문성을 위하여 신비적인 은유를 거부하는 조정권은 지속적인 격렬함의 세계로 접어든다. 돌멩이들이 그의 얼굴로 날아들고, 초원의 향기가 그를 덮치고, 두통이 그를 괴롭히며, 살갖을 후려치는 채찍 같은 추위가 엄습한다. 그는 "내가 내 영혼의 그릇을 재떨이로 사용해 버린 것이 아닌가 하는 회한"(「산정 묘지 10」)에도 젖는다. 그는 소리치고, 기침하고, 토해 내고, 도처에서 위안을 찾고 있으며, 죽음 속에서 그것은 희망하고 있는 것이다. 그래도 죽음이란 시가 계속되고 있는 적막의 장소이기 때문이다.

새는 노래 봉지 / 신이 빚어 놓은 노래 봉지 / 저들은 처음부터 노래 봉지였고 / 노래 봉지이며 노래 봉지로 남아 죽어서도 노래한다(「산정 묘지 20」)
— 프랑스 『리베라시옹(Liberation)』, 2000.5.18., 기자 스테판 부케

나는 서울 인왕산이 보이는 서대문 냉천동에서 금은상집 아들로 태어났다. 우리 집은 자유당 시절 지금의 문화일보 사옥 앞 이기붕 씨 집(현재 4.19 도서관) 건너편 동양극장 골목길에 있었다. 그 골목에서 4.19 데모 행렬을 보았고 그들이 몰려가 때려 부수는 이기붕 씨의 집도 보았고 넓은 마당에 가재도구를 쌓아 놓고 불 지르는 민중의 분노도 보았고, 서울고등학교 학생들이 우리 집으로 들어와 숨어 있다 가는 것을 소년 시절에 보았다. 5.16 새벽에는 군인들이 대한문에 갖다 댄 장갑차도 직접 보았다. 이러한 경험은 내 시에 전혀 자취를 감추고 없다. 1979년 가을 10.26 사태가 일어나고 일본 『아사히』신문은 1면 톱으로 '박정희 사살되다' 특호 활자를 박고 있었다. 태풍의 눈은 언제나 정적이다. 어느 시대든 모두들 혼란하고 들떠 있는 시대엔 누군가 허심을 보는 눈이 필요하다. 서울에서 나고 자랐지만 내 사회적 자아는 성장하지 못하고 서정적 자아만 영양 과다로 남거나 그쪽에 너무 물을 자주 준 세월로 수분 과다가 되고 만다. 결국, 시인은 자기가 체험하고 살

아온 삶 속에서 배아된(싹이 여물고 튼) 자기만의 서정적 자아와 사회적 자아의 변용을 통해 융합되거나 어우러진 마음을 쏟아 낼 수밖에 없다.

서정적 자아가 살아 있지 않은 시를 시라고 할 수 없다.
그러나 사회적 자아가 살아 있지 않은 시를 시라고도 할 수가 없다.
서정적 자아만 살아 있는 시는 시가 못 된다고 할 수 있다.
또 사회적 자아의 목소리만 높이는 시도 시가 못 된다고 볼 수 있다.

2005년 창비에서 나온 시집 『떠도는 몸들』(제17회 김달진 문학상 수상)은 그런 현실적 변용 가운데 나온 것이었다. 이 시집에는, 유난히도 지나온 삶에 대한 체험과 고백이 두드러진다. 그것이 내겐 지금도 불만족스럽지만, 시인은 삶의 살이 아플 때는 아픔의 압축보다 그대로 자연스레 내뱉는 신음 소리나 비명을 택할 수도 있다.

황학동 고가구 시장에서 거저 줍다시피 한 이 흑단목 책상은
폐병쟁이가 사용하다 버린 것 같다
이 책상의 표층에는 일제의 호스키스 자국과 거멓게 그슬린 포연(砲煙)과
4.19 함성과 5.16 균(菌)이 번창하다 간 것 같다

246

다리 네 개로 세월을 버티고 있는 둥그런 시커먼 흑단목

(아, 이 눌함(訥喊)!의 검정색)

목리(木理) 속에 객혈같이 쏟아 낸 깊은 골이 있다

먼저 주인은 해골처럼 책상 위로 하얀 몰골 파묻고

땅속을 기어가는 괴물 소리 듣고 있었을 것이다

그가 누구였는지 모르지만

밤늦게까지 내가 뭘 쓰고 있으면

무교회주의를 주장한 내 옛 양정학교 김교신 선생이

해골이 다 된 새하얀 팔다리 들고 와

(뭐해?)

등 너머로 내 시를 들여다보는 소름 끼친 밤 많다.

질소비료 공장이 있는 땅속의 굴에서 촛불을 들고

선생은 해골 사이를 기어 다니고 있었을 거다

그 시커먼 물체와 책상을 둘이서 쓰는 느낌이 나는 싫지
않다 좋다

가끔 이 흑단목이 살고 있었던 밀림에서 들리는

수백 개의 둔탁한 종소리가 내 귀를 놀라게 한다

이 소리들이 어떻게 어디서 오는 것인지

나무무늬 숲을 헤치고 들어가 보니까 안개 속에서

수십 마리 수백 마리 검은 젖소들이 풀을 뜯고 있고

목에 달린 소 방울들이 종소리를 내는 것이다, 그런 날

내 책상 위엔 한 사람이 겨우 지나갈 수 있는 가느다란 다
리 하나만 보인다

　　　　　　　　　　　　　　　　　—「책상 같이 쓰기」

시란 무엇일까?

모른다.

난 모른다.

우리 시대에서 어느 원로가 시란 사회적 각종 어두운 현장을 토양으로 삼아 어둠에 대해 쓰는 것이라고 주장해도 난 할 말이 없고, 반대로 굳어 버린 현실의 껍질을 깨고 상상력의 새로운 생명을 불어넣는 것이라고 주장해도 역시 난 할 말이 없다. 내게 시란 내 내면 속에 착색된 사회적 인자들이 불러일으키는 고정관념과도 부딪히는 정신의 작용이고, 동시에 굳어 버린 현실의 껍질과도 부딪히는 방법이기도 하기 때문이다. 시의 언어는 어느 날 내가 시를 쓸 때 내 안으로 망명자처럼 들어온다. 망명자는 보호해야 하지 않겠는가?

　　1.
　　뉴욕 소호에서 음주사(飮酒死)한 화가 정찬승이
　　그림한테 이혼당하고, 귀국전을 연 전시장을 다녀왔다.
　　그림은 한 점 보이지 않고
　　전시장 한가운데에
　　까페가 옮겨 와 있다.
　　홍대에서 뜯어 온 벽이 생생하게 살아 있고
　　생가에서 싣고 온 툇마루도 생생히 살아 있고
　　오그라진 화실 소파도 살아 있는
　　의자에 앉아 신문도 보고 낮잠도 자며
　　술 마시고 있다.

이게 신성한 전시장인가 어리둥절해하는
하객과 시민들과 잡담하며 술 마시며.
그림 한 점 걸지 않은 전시장에
세상 술 다 마셔도 취하지 않는
인간 한 점.
미리 보여 준 삶의 폐업전.

2.
싸옹 빠울루 비엔날레 공동 출품하기로 한
김구림은 석 달 전부터 손톱을 기르고 있었다.
나는 염불 시를 같이 준비하고 있었다.
장 끌로드 엘로아의 염불 음악을 마음에 깔아 놓고……
광승(狂僧)의 선(禪) 음악을 베낀
존 케이지의 7분 45초,
눈 퍼붓는 날 새벽 오대산 상원사 종소리
잡음으로 깨부수려고.
리허설 장소 공간사랑에서 망자를 위한
깽판 시를 내가 웅얼웅얼대면
함께
김구림이 대짜 손톱깎이로 손톱 깎는 소리를 내고
녹음하기로 약속돼 있었다.
내가 이 시대의 치매, 계집 음부 더듬는 고승 흉내를 하며
실어증 환자처럼
생쑈를 할 때

김구림은 계동 바닥을 뒤지며
마른 뼈 날카롭게 부러지는 언 책받침을 찾아 가지고 오고
있었다.
형님!
나 이 벙어리 짓 때려치우고
내 산꼭대기 올라가 앉아 있겠소.

3.
미론의 원반 던지는 사나이 나체에
인민복을 입히고 천안문 광장에서
원반을 던지는 모작상(模作像)을 출품한
중국 조각가를 나는 잊고 있었다.
하지만 잊혀지지 않는 건
그걸 보고 와서
광화문 세종로 이순신 동상 철거하고
어깨에 화염방사기 맨 채
포신처럼 중화기를 들고 서 있는 반가사유상을 만들고
싶다던,
성대 국문과 친구.
춘천에서 꼬치구이로 주저앉은 친구.
호텔에 납품할 곳 찾아 뻔질나게 서울 올라와 바삐
돌아가다 한잔하게 되면
동상에 조선 갑옷 벗기고
인민복으로 갈아입히고 싶다고 떠들고 있다.

4.
해외로 떠돌다가, 떠돌아 돌다가,
국내로 망명한 생들!

국내 망명자들.

5.
발레리의 40년 고독 앞에
팔팔할 때 한번, 고개 숙여 봤으면 됐다.
더 이상 난 안 숙이련다.
대신, 문안 차 홀아비 정병관 선생한테는
그 무덤 앞에 한번 머리를.
빠리 제8대학 도서관 사서
마른 빵과 커피로만 기숙하며
미술사 박사 학위 딴 노인 학생.
누보 레알리슴의 화가들
극사실의 현실을 냉정하게 그린
리베라씨옹 패들!
정년 5년 앞둔 연세로 이화여대에 모셔 와 죽인.
한 번도 술과 장미의 나날을 들어 볼 시간을 안 준 세상.
한번 찾아가 뵀어야 했는데.
벽제에나 가야
계실까.

내게 시는 신 없는 성당 같다. 시, 그것은 신 없는 가톨릭 성
당이다. 시는 시인들의 마음의 감옥이다. 무늬 없는 적(赤) 벽
돌처럼 쌓아 올린 언어들은 이 세상의 지친 말들을 문 앞에서
한없이 받아 주고 있다. 서정은 모성(母性)의 벽이다. 서정은
스스로의 내면에 내려앉은 땅거미 때문에 어두워진 지친 인간
들을 한없이 걷게 해 준다. 십자가는 더 이상 상징이 아니다.
상징의 무덤일 뿐이다. 비 오는 날이면 비는 일어서서 혼자 비
를 맞는다. 서정은 수직의 꿈을 꾼다. 그러나 수직 통로는 언
제나 지하의 어둠에서 시작된다. 지하로 내려가는 진입로에는
검정 박쥐우산이 하나 박쥐 날개를 편 채 누군가를 기다린다.
날개가 없는 어떤 마음이 날고자 한 것 같았다.

한마디로 시를 쓰려는 우리는 성당 문 앞에서 서정시라는
가설 텐트를 친 빈자(貧者)들의 무리이다. 내게 시란 무신론
자가 설계한 성당이요 그것은 내 지하의 건축물이다. 그러나
아직도 모르겠다. 시란 무엇인가? 들판일까?

시골에 내려와
마음 심는다

이삭 없어도
편안하다

아무 뜻 없이

고개 숙이고 있는

생각의 허수아비가 쳐들고 있는

가을의 두 팔

저 안이, 널찍한 들판이구나.

―「들판」

크롬처럼 반짝이는 하지(夏至)의 꽃

장석원(시인)

당신의 영혼은 여기에 없다. 당신의 살은 그곳에 있다. 당신의 언어만 남겨졌다. 당신이 가신 이후 달은 뜨지 않는다.

등하교 때마다 석계(石溪)역에서 승하차한다. 횡단보도를 건너 동신아파트 쪽 골목길을 걷는다. 그가 산책하고 있다. 그는 어디로 가는 것일까. 멀어진 친구를 만나러 가는가. 월계(月溪)에서 사라진 달을 찾으려 하는가. 나를 두고 떠난 그를 만난다. 그가 나를 찾아온 것이다. 그를 따라간다. 발이 보이지 않는데, 그는 나보다 먼저 떠나고, 나보다 먼저 도착한다. 환하게 웃고 있지만, 소년처럼 맑게 피어나서 반겨 주지만 나를 기다리지 않는다. 어디로 가시는가요. 같이 가요. 내가 절뚝일 때마다 그는 찾아와서 나를 그 길로 이끈다. 돌아서서 오라고 손짓하는데 나는 숨이 가쁘다. 가쁘게 뛰어 보지만 매일 그를 잃어버린다. 그가 없는 오늘을 살고 있다는 섬뜩한 현실, 죄일지도 모른다.

선생이 남겨 놓은 '이미지-기억'의 첫 장면. 단종의 유배지 영월(寧越) 청령포(淸泠浦), 흰 구름이 흘러가는 듯한 걸음걸이와 흰 구름을 두른 것 같은 햐얀 바지. 선생은 단종처럼 앉아서 술을 마시고 있었다. 끝은 월계. 그랑빌 116동 앞 벤치에서 한 사람에게는 시 같은 비평을 쓰라고, 나에게는 서정시를 격파하라고……. 취한 달은 엘리베이터 문이 열리자 구름 엉기듯이 포옹했고 볼을 비볐다. 승강기가 하늘 쪽으로 올라간다. 달이 올라간다. 선생이 달이었다. 월하(月下)에 우리가 남겨졌다. 선생은 달이 되어 구름을 데리고 하늘로 산책 나간 것이다.

석원이는 바그너를 들어 봐. 잘 어울릴 거야. 저는 클래식 좋아하지 않는데요. 한꺼번에 너무 많은 악기들이 소리를 내뿜어요. 질식할 것 같아요. 그럼 뭘 듣는 거야. 저는 메탈입니다. 메탈 좋지. 금속과 언어는 비슷해. 열광하는 디오니소스지. 빨갛게 달군 쇳덩이를 해머로 내리치는 것이지, 때릴수록 강해지지. 그 마음으로 시를 쓰는 것이지. 나는 선생의 시 「반하생(半夏生)」에서 크롬처럼 반짝이는 하지의 꽃을 봤다. 선생은 설빙(雪氷)에 뒤덮인 산정 묘지에서 내려와 월계동 세속의 골목을 거닐고 있는 한여름의 꽃이었다.

당신을 한마디로 응축한다. 당신은 시이다. 시가 당신을 데려간 것이다. 우리는 시에게 당신을 앗긴 것이다. '나'를 시에게 봉헌한 것이다. 시에게 영육(靈肉)을 내어 준 당신. 우리는 당신의 피부 아래 붉은 피와 살을 잊을 수가 없다. 당신이 남겨 놓은 작품들.

선생은 사람을 좋아했다. 당신의 학생들에게 많은 것을 주려고 했다. 선생은 시에 목마른 학생을 교육제도 속의 계약 관계로 여기지 않았다. 시를 가르치려고 하지 않았다. 이것은 고치고, 저것은 버리고, 잘 만들어야 유명해지는 거야. 선생은 이런 말을 혐오했다. 아니 증오했다. 이것이 네 목소리야. 더 길게, 더 세게 써 봐. 선생은 수류탄의 안전핀을 뽑아내고 있었다. 학생의 시를 폭발시켰다.

2007년 8월 7일, 선생이 운전하는 승용차를 타고 후배 노춘기 시인과 교외로 소풍을 갔다. 선생의 차 뒷좌석에 앉아 수락산의 커다란 가슴팍을 바라보고 있었다. 벨이 울렸다. 선생이 커피를 마시다가 질문했다. 무슨 전화였니, 무슨 일이야. 수서(水西)에 가야 해서요. 언어 없이 선생은 나를 읽어 버렸다. 괜찮아, 지나가는 일이야, 진실은 무릎 꿇지 않아, 이겨 낼 거야, 석원아. 선생은 나에게 삶을 보여 주었다. 선생이 떠나신 지 1년이 지났다. 단 두 줄("시인 조정권/1949~2017")로 남아 돌 속에서 우리를 응시하고 있는 선생의 얼굴 앞에서 사랑을 각인한다. 당신은 벗이었고, 스승이었고, 따스한 아버지였습니다. 시냇달이 떠 있다.

이 산문집은 선생이 '새 산문집'이라는 제목 밑에 묶어 놓은 글들을 토대로 하여, 선생이 여러 지면에 발표했던 나머지 글들을 모은 것이다. 시인 조정권의 육성이 자욱하다. 선생의 일상이 넘실거리고, 선생의 남다른 심미안이 번뜩이는 예술론이 출렁거린다. 선생의 일생이 자수(刺繡)처럼 박혀 있는 자서전이라고 할 수 있을 것이다. 이 책 속에서 선생을 다시 만난다. 아직 선생은 여기에 계신다.